Z ZIMNĄ KRWIĄ

TESS GERRITSEN

Z ZIMNĄ KRWIĄ

Tłumaczenie:
Monika Krasucka

Tytuł oryginału:
Keeper of the Bride

Pierwsze wydanie:
Harlequin Intrigue, 1996

Opracowanie graficzne okładki:
Kuba Magierowski

Redaktor prowadzący:
Grażyna Ordęga

Korekta:
Władysław Ordęga

Harlequin Polska sp. z o.o.
00-975 Warszawa, ul. Starościńska 1B lokal 24-25

Skład i łamanie: COMPTEXT®, Warszawa

Druk: OPOLGRAF S.A.

ISBN 978-83-276-0894-9

ROZDZIAŁ PIERWSZY

Ślub się nie odbył. Odwołany. Zero. Kaput.

Nina Cormier siedziała w zakrystii i gapiła się w lustro. Dlaczego nie może płakać? Straszny ból czaił się gdzieś głęboko, ale jeszcze go nie czuła. Wlepiała tylko suche oczy w swoje odbicie. Panna młoda jak z obrazka. Welon cienki jak pajęczyna przesłania twarz. Ramiączko gorsetu atłasowej sukni wyszywanej perełkami opada ponętnie z jej ramienia. Długie czarne włosy zwinięte w miękki węzeł. Każdy, kto widział ją tego ranka – jej matka, siostra, macocha Daniella – twierdził, że jest piękną panną młodą.

Tyle że pan młody nie zadał sobie trudu, by się pojawić. Nie miał nawet dość odwagi, by ją zawiadomić osobiście. Po pół roku planów i marzeń przysłał bilecik zaledwie dwadzieścia minut przed ceremonią. Przez swojego świadka.

„Nina, potrzebuję czasu, aby to przemyśleć. Przepraszam cię. Wyjeżdżam na kilka dni. Zadzwonię. Robert".

Zmusiła się, by przeczytać wiadomość jeszcze raz. „Potrzebuję czasu... Potrzebuję czasu..."

Ile czasu może potrzebować mężczyzna?

Rok wcześniej wprowadziła się do doktora Roberta Bledsoe. Tylko tak możemy się przekonać, czy do siebie pasujemy, powiedział jej. Małżeństwo to poważne zobowiązanie, więc nie chciał popełnić błędu. Liczący sobie czterdzieści jeden lat Robert miał już za sobą kilka katastrofalnych związków. Nie chciał kolejny raz się pomylić. Chciał mieć pewność, że Nina jest kobietą, na którą czekał przez całe życie.

Ona była pewna, że Robert to właśnie ten. Tak pewna, że gdy zaproponował, by zamieszkali razem, tego samego dnia poszła prosto do domu, żeby się spakować...

– Nina? Nina, otwórz! – Za klamkę szarpała jej siostra Wendy. – Proszę, wpuść mnie.

Nina schowała twarz w dłoniach.

– Nie chcę teraz nikogo widzieć.

– Nie powinnaś być sama.

– Chcę być sama.

– Goście już pojechali. Jestem tylko ja.

– Nie chcę z nikim rozmawiać. Jedź do domu, dobrze?

Za drzwiami zapadła cisza. Po chwili Wendy zapytała:

– Jeżeli pojadę, to kto cię zawiezie do domu?

– Zamówię taksówkę. Albo ojciec Sullivan mnie podwiezie. Potrzebuję czasu, żeby pomyśleć.

– Na pewno nie chcesz porozmawiać?

– Na pewno. Zadzwonię do ciebie później, dobrze?

– Rób, co chcesz.

Wendy zawahała się, a potem z pewną dozą zjadliwości, która przebiła się nawet przez dębowe drzwi, dodała:

– Robert to gnojek. Zawsze tak myślałam.

Nina siedziała przy toaletce, podpierając głowę rękami. Chciało się jej płakać, ale nie mogła wycisnąć z siebie ani jednej łzy. Kroki Wendy zaczęły się oddalać, a potem w pustym kościele zapadła cisza. Ale łzy nie płynęły. Nie mogła teraz myśleć o Robercie. Zamiast tego jej umysł zdawał się skupiać na praktycznej stronie odwołanego ślubu. Wesele i całe to zmarnowane jedzenie. Prezenty, które musi zwrócić. Bilety na wyspę Świętego Jana. Może powinna sama polecieć na miesiąc miodowy i zapomnieć o doktorze Bledsoe. Pojedzie, weźmie tylko bikini. Przynajmniej zamiast złamanego serca będzie miała opaleniznę.

Powoli podniosła głowę i spojrzała w lustro. Nie taka znowu piękna ta panna młoda, pomyślała. Szminka się jej rozmazała, włosy rozczochrały. Ruina.

W nagłym przypływie gniewu zerwała z głowy welon. Spinki poleciały na wszystkie strony i uwolniły kaskadę czarnych włosów. Do diabła z welonem, pomyślała i wrzuciła go do kosza. Bukiet z białych lilii i różyczek też tam wylądował. Poczuła się lepiej. Furia pobudziła ją do działania. Zerwała się na nogi.

Ruszyła z kościelnej ubieralni do nawy. Za nią wlókł się tren. Puste już ławy ozdobione były girlandami białych goździków, a ołtarz bukietami róż i gipsówki. To była scena pięknie udekorowana na ślub, który nigdy się nie odbędzie. Ale Nina minęła ołtarz i szła w kierunku głównych drzwi, nie zwracając uwagi na owoce ciężkiej pracy dekoratorów, które przypominały o niepowodzeniu. Skoncentrowała się na ucieczce. Nawet zatroskany głos ojca Sullivana nie zdołał jej zatrzymać.

Pchnęła drzwi i zatrzymała się na schodach. Uderzył ją blask lipcowego słońca i nagle boleśnie zdała sobie sprawę, jak bardzo musi się rzucać w oczy. Samotna kobieta, w sukni ślubnej, próbująca złapać taksówkę. Dopiero wtedy, w pułapce jaskrawego światła, poczuła pierwsze łzy.

O nie, Boże, nie. Załamie się i rozpłacze tu, na schodach. Na publicznym widoku, w obecności tych wszystkich cholernych przechodniów.

– Nina? Nina, kochanie.

Odwróciła się. O stopień wyżej stał ojciec Sullivan.

– Czy mogę coś dla ciebie zrobić? – zapytał. – Może chcesz wejść i porozmawiać?

Przygnębiona potrząsnęła głową.

– Chcę się stąd wydostać. Proszę, tylko tyle.

– Tak, tak, oczywiście. – Delikatnie wziął ją pod rękę. – Zawiozę cię do domu.

Pomógł jej zejść ze schodów i zaprowadził na kościelny parking. Zebrała zabrudzony już tren i wsiadła do samochodu. Góra atłasu spiętrzyła się jej na kolanach.

Ojciec Sullivan wśliznął się za kierownicę. W samochodzie było gorąco, ale nie uruchomił silnika. Przez moment siedzieli w krępującej ciszy.

– Wiem, że trudno ci pojąć, jaki zamysł mógł mieć w tym wszystkim Wszechmogący – zaczął cicho. – Ale musi być jakiś powód, Nino. W tej chwili może nie być dla ciebie oczywisty. Może ci się wydawać, że Pan odwrócił się od ciebie.

– To Robert się ode mnie odwrócił – powiedziała. Pociągnęła nosem i wytarła twarz czystym rogiem trenu. – Odwrócił się i prysnął.

– Mężczyźni u progu małżeństwa często mają mieszane uczucia. Jestem przekonany, że dla doktora Bledsoe była to poważna decyzja...

– Poważna decyzja? A dla mnie nie?

– Nie, nie, źle mnie zrozumiałaś.

– Ach, proszę mnie zawieźć do domu.

Pokręcił głową i włożył kluczyk do stacyjki.

– Chciałem ci tylko wytłumaczyć, kochanie, może trochę niezręcznie, że to nie jest jeszcze koniec świata. Nino, przeznaczenie zawsze nas zaskakuje. Nigdy nie spodziewamy się trudnych momentów. Są sprawy, które uderzają w nas jak grom z jasnego nieba.

W tym momencie budynkiem kościoła wstrząsnął ogłuszający huk. Wybuch roztrzaskał witraże w oknach, i grad odłamków kolorowego szkła zasypał parking. Na dach samochodu pofrunęły kartki z porwanych mszałów i kawałki ław.

Gdy biały dym trochę się przerzedził, Nina zobaczyła, jak z nieba spływa chmura kwiatowych płatków i osadza się na przedniej szybie, tuż przed oczami zszokowanego ojca Sullivana.

– Jak grom z jasnego nieba – szepnęła. – Nie można było tego lepiej ująć.

– Wy dwaj to na bank największe patałachy roku.

Sam Navarro, detektyw policji w Portlandzie, siedzący naprzeciwko wyraźnie zdenerwowanego Norma Liddella, nawet nie mrugnął okiem. W pokoju konferencyjnym posterunku była ich piątka, a Sam nie miał zamiaru sprawić satysfakcji temu gwiazdorowi, prokuratorowi okręgowemu, i pokazać, że robi to na nim jakieś wrażenie. Nie miał też zamiaru odpierać oskarżeń, bo rzeczywiście nawalili. On i Gillis ostro nawalili, i zginął gliniarz. Idiota, fakt, ale zawsze gliniarz. Jeden z nich.

– Nigdy nie daliśmy Marty'emu Pickettowi pozwolenia na zbliżenie się do miejsca wybuchu – odezwał się partner Sama, Gordon Gillis. – Nie mieliśmy pojęcia, że przekroczy linię...

– Byliście tam na służbie – wtrącił Liddell – i to czyni was odpowiedzialnymi.

– Zaraz, zaraz – bronił się Gillis. – Pickett też nie jest bez winy.

– To był jeszcze żółtodziób.

– Powinien był przestrzegać procedur. Gdyby...

– Zamknij się, Gillis – przerwał mu Sam.

Gillis spojrzał na swojego partnera.

– Sam, ja tylko staram się bronić naszego stanowiska.

– To nam nie pomoże. I tak zostaliśmy wytypowani na winowajców.

Sam zmierzył wzrokiem Liddella.

– Czego pan chce, prokuratorze? Publicznej chłosty? Naszego odejścia?

– Nikt wam nie każe odchodzić – wtrącił się ich szef, Abe Coopersmith. – A ta dyskusja do niczego nie prowadzi.

– Musimy wszcząć postępowanie dyscyplinarne – upierał się Liddell. – Nie żyje funkcjonariusz policji.

– Myśli pan, że o tym nie wiem? – warknął Coopersmith. – To ja musiałem zawiadomić wdowę. Nie mówiąc już o tych wszystkich krwiożerczych reporterach. Dosyć tego gadania, panie prokuratorze. To był jeden z nas. Gliniarz, nie prawnik.

Sam spojrzał ze zdumieniem na szefa. To coś nowego, Coopersmith po jego stronie. Abe Coopersmith nie używał wielu słów, a już na pewno nie słów przychylnych jemu.

Ale Liddell działał im na nerwy. Zaatakowani gliniarze zawsze trzymają się razem.

– Wróćmy do naszej sprawy, dobrze? – ciągnął Coopersmith. – Mamy w mieście bombiarza. I pierwszy wypadek śmiertelny. Co wiemy? – Popatrzył na Sama, który stał na czele nowo utworzonego Wydziału ds. Zamachów Bombowych.

– Niezbyt wiele – przyznał Sam.

Otworzył teczkę i wyjął plik papierów. Rozdał kopie czterem mężczyznom siedzącym przy stole – Liddellowi, Coopersmithowi, Gillisowi i Erniemu Takedzie, ekspertowi ze Stanowego Laboratorium Kryminalistycznego.

– Pierwszy wybuch nastąpił około drugiej piętnaście nad ranem. Drugi około drugiej trzydzieści. Ten drugi praktycznie zrównał z ziemią magazyny firmy R.S. Hancock. Spowodował też drobne zniszczenia w dwóch sąsiednich budynkach. Pierwszą bombę znalazł nocny strażnik. Zauważył ślady włamania i przeszukał pomieszczenia. Bombę podłożono na biurku w jednym z biur. Zadzwonił o pierwszej trzydzieści nad ranem. Gillis był tam około pierwszej pięćdziesiąt, ja o drugiej. Otoczyliśmy teren i kiedy przyjechał wóz saperski, wybuchła pierwsza bomba. Kwadrans później, zanim zdołaliśmy przeszukać budynek, wybuchła druga. Zabiła Picketta.

Sam spojrzał na Liddella, ale tym razem prokurator okręgowy siedział cicho.

– Dynamit był produkcji zakładów Dupont – dodał. W sali na chwilę zapanowała cisza.

– Ten sam numer serii Duponta co w dwóch zeszłorocznych bombach? – zapytał Coopersmith.

– To możliwe – odparł Sam – bo dynamit z tym numerem serii to jedyna zgłoszona kradzież, jaką mieliśmy tu od lat.

– Ale sprawa bomb Vincenta Spectre'a została zamknięta w ubiegłym roku. I wiemy, że Vincent nie żyje – zaoponował Liddell. – A więc kto robi te bomby?

– To może być uczeń Vincenta. Ktoś, kto nie tylko opanował technikę swojego mistrza, ale ma jeszcze dostęp do jego zapasów dynamitu. Których nie znaleźliśmy.

– Nie potwierdzono, że dynamit pochodzi ze skradzionej serii – upierał się Liddell. – Może wcale nie ma związku z bombami Spectre'a.

– Obawiam się, że mamy inne dowody – wtrącił Sam. – To się wam nie spodoba. – Popatrzył na Erniego Takedę. – Powiedz im, Ernie.

Takeda, który nie lubił publicznych wystąpień, nie odrywał wzroku od raportu z laboratorium.

– Na podstawie materiałów zebranych na miejscu wybuchu – zaczął czytać – można postawić wstępną hipotezę na temat budowy mechanizmu. Prawdopodobnie zapłon elektryczny został wywołany przez opóźniony obwód elektroniczny. Spowodowało to eksplozję lasek dynamitu za pomocą lontu typu Prima. Zostały one sklejone dwucalową zieloną taśmą izolacyjną. – Takeda odchrząknął i w końcu podniósł wzrok. – Obwód z opóźniaczem jest taki sam, jakiego używał nieżyjący już Vincent Spectre w zeszłorocznych bombach.

Liddell popatrzył na Sama.

– Te same obwody, ten sam dynamit?

– Widocznie Vincent Spectre przed śmiercią sprzedał trochę swych umiejętności. Teraz mamy drugie pokolenie bombiarzy na tapecie.

– Powinniśmy opracować profil psychologiczny nowego gracza na rynku – włączył się Sam. – Zamachy bombowe Spectre'a miały podłoże czysto finansowe. Wynajmowano go, żeby odwalił robotę, i robił to bach, bach, bach. Sprawnie. Efektywnie. Ten nowy bombiarz musi dopiero wypracować sobie markę.

– Twoje słowa świadczą o tym – powiedział Liddell – że czekasz, aż znów uderzy.

Lekko znużony Sam przytaknął:

– Niestety, to właśnie powiedziałem.

Ktoś nagle zastukał i policjantka wsunęła głowę w otwarte drzwi:

– Przepraszam, telefon do Navarra i Gillisa.

– Odbiorę – odrzekł Gillis, po czym wstał nieporadnie i podszedł do telefonu wiszącego na ścianie.

Liddell ciągle koncentrował się na Samie.

– A więc to jest wszystko, co elita Portlandu ma w zanadrzu? Czekamy na następną bombę, aby ustalić schemat działania przestępców? A potem może wpadniemy na jakiś pomysł, co by się dało zrobić?

– Zamach bombowy, panie Liddell – rzekł spokojnie Sam – jest aktem tchórzostwa. To czyn przestępczy dokonany przy nieobecności sprawcy. Nie ma osoby, odcisków palców, świadków podłożenia, nie ma...

– Szefie – wtrącił Gillis, odkładając słuchawkę.

– Jest następna...

– Niech to szlag! – zawołał Coopersmith.

Sam zerwał się na nogi i ruszył w kierunku drzwi.

– A tym razem co? – zapytał Liddell. – Znowu magazyny?

– Nie – odparł Gillis. – Kościół.

Kiedy Sam i Gillis podjechali do kościoła pod wezwaniem Dobrego Pasterza, teren był już ogrodzony przez policję. Po obu stronach ulicy zebrał się tłum. Forest Avenue została zablokowana przez trzy radiowozy, dwie straże pożarne i ambulans. Ciężarówkę saperów z naczepą w kształcie beczki ustawiono przed głównym wejściem, a raczej tym, co po nim pozostało. Wyrwane z zawiasów drzwi leżały u stóp schodów. Wszystko pokrywała warstwa odłamków szkła. Wiatr rozwiewał na chodniku podarte kartki modlitewników jak suche liście. Gillis zaklął.

– To była duża sztuka.

Kiedy zbliżyli się do taśmy policyjnej, oficer dowodzący przywitał ich z wyraźną ulgą.

– Navarro! Cieszę się, że wpadłeś.

– Są ofiary? – zapytał Sam.

– Chyba nie. Kościół był pusty. Czysty przypadek. O drugiej miał być ślub, ale w ostatniej chwili został odwołany.

– Czyj ślub?

– Jakiegoś lekarza. Panna młoda siedzi w samochodzie policyjnym. Ona i pastor widzieli wybuch z parkingu.

– Później z nią porozmawiam. Niech czeka. Pastor też. Sprawdzę, czy nie ma drugiego ładunku.

– Nie krępuj się, nie mam nic przeciwko temu.

Sam włożył specjalny kombinezon z zachodzących na siebie stalowych płytek. Niósł też maskę ochronną na wypadek, gdyby znaleziono drugą bombę. Technik od ładunków, podobnie ubrany, stał przy frontowych drzwiach i czekał na rozkaz wejścia do kościoła. Gillis miał czekać przy ciężarówce. Tym razem jego rola polegała na dostarczeniu instrumentów i przygotowaniu pojemnika na bombę.

– Dobra – rzekł Sam do technika. – Idziemy.

Weszli do ziejącego pustką miejsca po bramie wejściowej. Najpierw Sam wychwycił zapach – mocny i słodkawy. Dynamit, pomyślał. Siła eksplozji spowodowała, że tylne ławy się przewróciły. Te z przodu, bliżej ołtarza, rozleciały się w drzazgi. Wszystkie witraże były roztrzaskane, a puste ramy okien wychodzących na południe wypełniało przytłumione słoneczne światło.

Sam i technik automatycznie rozdzielili się i zaczęli przesuwać się wzdłuż przeciwległych ścian nawy. Budynek miał być dokładnie przeszukany później, teraz musieli się skupić na znalezieniu kolejnej bomby. Śmierć Marty'ego Picketta obciążała sumienie Sama, dlatego nie miał zamiaru wpuścić tu żadnego policjanta, dopóki wszystkiego nie sprawdzi.

Obydwaj mężczyźni poruszali się powoli z powodu zalegającego gruzu. Odór dynamitu się nasilał. Zbliżamy się, pomyślał Sam. Bombę podłożono gdzieś tutaj...

Przed ołtarzem, tam gdzie stał kiedyś pierwszy rząd ław, zobaczyli ziejący krater o średnicy metra, dość płytki. Wybuch rozerwał dywan i warstwę izolacyjną, ale betonowa wylewka pozostała nienaruszona. Płytki krater jest charakterystyczny dla powolnej eksplozji. Zgadza się, to dynamit.

Ale temu mogą się przyjrzeć później. Teraz muszą szukać dalej. Skończyli z nawą, przeszli do korytarzy, ubieralni i toalet. Nic. Weszli do aneksu i sprawdzili kancelarię, salki, klasy szkółki niedzielnej. Nic. Wyszli przez tylne wyjście i przeszukali murek na zewnątrz. Nic.

Usatysfakcjonowany Sam wrócił na linię policyjną, gdzie czekał już Gillis. Zdjął kombinezon i oświadczył:

– Budynek jest czysty. Ekipa gotowa?

Gillis wskazał szóstkę ludzi czekających obok ciężarówki saperskiej. Czterech policjantów i dwóch laborantów ściskało w rękach torebki na dowody.

– Czekają na rozkaz – powiedział.

– Najpierw niech wejdzie fotograf, potem ekipa. Krater jest z przodu, przed pierwszym rzędem ław po prawej.

– Dynamit?

Sam kiwnął głową.

– Jeżeli mogę polegać na swoim węchu. – Odwrócił się i popatrzył na tłum gapiów. – Porozmawiam teraz ze świadkami. Gdzie jest pastor?

– Zawieźli go na ostry dyżur. Bóle w klatce piersiowej.

Sam westchnął zirytowany.

– Ktoś go przesłuchał?

– Policjant. Mamy zeznanie.

– Dobrze. No to zostaje nam panna młoda.

– Czeka w radiowozie. Nazywa się Nina Cormier.

– Cormier. W porządku.

Sam schylił się i przeszedł pod żółtą policyjną taśmą. Poszukał wzrokiem ponad tłumem gapiów służbowych samochodów i zauważył sylwetkę kobiety siedzącej w jednym z nich. Nie poruszyła się, gdy się zbliżył. Patrzyła przed siebie jak manekin w salonie ze ślubnymi sukniami. Pochylił się i zastukał w okno samochodu. Kobieta odwróciła się. Zobaczył duże ciemne oczy, rozmazany tusz, ale jej twarz była ładna. Pokazał jej gestem, aby opuściła szybę.

– Pani Cormier? Detektyw Sam Navarro, policja.

– Chcę wracać do domu – powiedziała. – Rozmawiałam już z tyloma policjantami. Czy nie mogłabym wreszcie jechać?

– Najpierw muszę zadać pani kilka pytań.

– Kilka?

– No dobrze, więcej niż kilka.

Gdy westchnęła, zauważył, jaka jest zmęczona.

– Jeżeli odpowiem na wszystkie pytania, to będę mogła pojechać do domu?

17

– Obiecuję.

– Dotrzymuje pan obietnic?

– Zawsze – odrzekł poważnie.

Spojrzała na ręce splecione na kolanach.

– Dobrze – mruknęła. – Mężczyźni i ich obietnice.

– Słucham?

– Nic, nic.

Okrążył radiowóz, otworzył drzwi i usiadł za kierownicą. Nie odezwała się, siedziała zrezygnowana. Góra spienionego białego atłasu zdawała się ją przytłaczać bez reszty. Fryzura rozsypała się i jedwabiste pasma czarnych włosów spadały na jej ramiona. Niezbyt piękny obrazek szczęśliwej panny młodej, pomyślał. Wygląda na otępiałą i bardzo samotną.

Gdzie, do cholery, jest pan młody?

Zdusił w sobie słowa instynktownego współczucia, sięgnął po notes i otworzył na czystej stronie.

– Poproszę o nazwisko i imię oraz adres.

– Nina Margaret Cormier, 318 Ocean View Drive – wyszeptała.

Spojrzał na nią. Wzrok miała ciągle utkwiony w rękach złożonych na kolanach.

– Proszę mi opowiedzieć, co się wydarzyło.

Siedziała w wozie policyjnym już od półtorej godziny, rozmawiała z trzema policjantami, odpowiedziała na wszystkie ich pytania. Jej ślub to katastrofa, ledwo uszła z życiem, a ludzie na ulicy przyglądali się jej, jakby była jakimś dziwolągiem. A ten zimny jak ryba gliniarz oczekuje, że zacznie znowu od początku?

– Panno Cormier... – Westchnął. – Im prędzej skończymy, tym prędzej pani pojedzie. Co się stało?

– Usłyszałam wybuch. Mogę już jechać?

– Co to znaczy wybuch?

– Głośny huk. Dużo dymu i stłuczonego szkła.

– Powiedziała pani: dym. Jakiego był koloru?

– Słucham?

– Czarny? Biały?

– A czy to ważne?

– Proszę odpowiedzieć na pytanie.

Westchnęła z irytacją.

– Chyba biały.

– Chyba?

– No dobrze. Jestem pewna, że biały.

Odwróciła się, by na niego spojrzeć. Po raz pierwszy jej wzrok zatrzymał się na jego twarzy. Gdyby się uśmiechnął, gdyby miał w sobie choć odrobinę ciepła, byłaby to miła twarz. Musi mieć grubo ponad trzydziestkę. Ciemne włosy, powinien był je ostrzyc już ze dwa tygodnie temu. Twarz pociągła, piękne zęby, przenikliwe zielone oczy jak u romantycznego filmowego gliniarza, grającego główną rolę. Tylko że to nie jest filmowy gliniarz. To jest prawdziwy gliniarz z odznaką, zupełnie pozbawiony czaru. Obserwował ją obojętnie, jak gdyby oceniał jej przydatność na świadka.

Odwzajemniła jego spojrzenie, myśląc: i oto jestem, porzucona panna młoda. Pewnie się zastanawia, czego mi brakuje. Jaka jest moja straszliwa skaza, która spowodowała, że zostałam wystawiona do wiatru przy ołtarzu.

Schowała pięści w zwojach atłasu na podołku.

– Jestem pewna, że dym był biały – oznajmiła.

– Jakiekolwiek miałoby to znaczenie.

– To ma znaczenie. Wskazuje na nieobecność węgla.

– Ach, tak. Rozumiem.

– A płomienie?

– Nie. Żadnych płomieni.

– Czuła pani jakiś zapach?

– Coś jak gaz?

– Jakikolwiek zapach?

– Nie pamiętam. Ale byłam na dworze.

– Gdzie konkretnie?

– Siedziałam z ojcem Sullivanem w jego samochodzie. Na parkingu z boku. A więc nie wyczułabym gazu. Zresztą naturalny gaz nie ma zapachu, prawda?

– Trudno go wyczuć.

– A więc to bez znaczenia. Że go nie czułam.

– Czy widziała pani może kogoś w pobliżu, przed eksplozją?

– Był ojciec Sullivan. I kilka osób z mojej rodziny. Ale wszyscy odjechali wcześniej.

– A obcy ludzie? Ktoś, kogo pani nie zna?

– Wewnątrz nie było nikogo, kiedy to się stało.

– Tuż przed eksplozją, panno Cormier.

– Przed?

– Czy widziała pani kogoś, kto nie powinien był tam się znaleźć?

Jego zielone oczy wytrzymały jej pytający wzrok.

– Ma pan na myśli... uważa pan, że... – Milczał.

– To nie był ulatniający się gaz?

– Nie. To była bomba.

Osunęła się na oparcie. To nie był wypadek, pomyślała. Wcale nie wypadek...

– Panno Cormier?

Przeraziło ją jego beznamiętne spojrzenie.

– Przepraszam, ale muszę zadać pani to pytanie. Proszę zrozumieć, że muszę zbadać ten trop.

Przełknęła głośno.

– Jakie... jakie pytanie?

– Czy ktoś chce panią zabić?

ROZDZIAŁ DRUGI

– To wariactwo – powiedziała bez wahania.
– Kompletny idiotyzm.
– Muszę wziąć pod uwagę taką możliwość.
– Jaką? Że ta bomba była przeznaczona dla mnie?
– Pani ślub miał się odbyć o drugiej. Eksplozja nastąpiła o drugiej czterdzieści, tuż przy pierwszym rzędzie ław. Blisko ołtarza. Nie mam wątpliwości, że przy tej sile wybuchu i pani, i wszyscy goście zginęliby. Albo zostali ciężko ranni. Mówimy o bombie, nie o ulatniającym się gazie. To nie wypadek. Bomba miała kogoś zabić. Tylko kogo?

Milczała. To wszystko jest zbyt straszne.

– Kto był zaproszony?
– Miał przyjść... Miał być...
– Pani i wielebny Sullivan. Kto jeszcze?

– Robert, mój narzeczony. I moja siostra Wendy. I Jeremy Wall, świadek...

– Kto jeszcze?

– Mój ojciec miał mnie prowadzić do ołtarza. I mała druhna niosąca kwiaty, chłopiec niosący obrączki...

– Interesują mnie tylko dorośli. Zacznijmy od pani.

Tępo potrząsnęła głową.

– To nie mogło... nie o mnie chodziło.

– Dlaczego?

– To niemożliwe.

– Skąd ma pani taką pewność?

– Bo nikt nie chciałby, żebym zginęła!

Jej piskliwy okrzyk go zaskoczył. Stojący na ulicy policjant odwrócił się i spojrzał na nich. Sam uspokoił go gestem ręki, że wszystko jest w porządku.

Nina gniotła w ręku rąbek sukni. Ten facet jest okropny. Bez cienia ludzkich uczuć. Chociaż w samochodzie zrobiło się gorąco, po plecach przebiegł jej dreszcz.

– Czy możemy się temu bliżej przyjrzeć? – zapytał.

Nie odpowiedziała.

– Panno Cormier, a co z pani byłymi... narzeczonymi? Czy jest ktoś, kogo unieszczęśliwiłoby pani małżeństwo?

– Nie – szepnęła.

– Żadnego ekspartnera?

– Nie w ciągu ostatniego roku.

– Czy właśnie tyle czasu była pani związana ze swoim narzeczonym? Rok?

– Tak.

– Poproszę jego imię, nazwisko i adres.

– Doktor Robert Bledsoe, 318 Ocean View Drive.

– Ten sam adres?

– Mieszkamy razem.

– Dlaczego ślub został odwołany?

– O to musi zapytać pan Roberta.

– A więc to była jego decyzja? Aby odwołać ślub?

– Zostawił mnie przy ołtarzu, jak to się zwykle mówi.

– Czy pani wie dlaczego?

Zaśmiała się gorzko.

– Doszłam do wniosku, że umysł mężczyzny jest dla mnie kompletną zagadką.

– Nie było żadnych znaków ostrzegawczych?

– To było tak nieoczekiwane jak... ta bomba. Jeżeli to rzeczywiście była bomba.

– O której ślub został odwołany?

– Około wpół do drugiej. Ja już byłam w kościele. Wtedy Jeremy, drużba Roberta, przyniósł bilecik. Robert nie miał nawet odwagi sam mi o tym powiedzieć – dodała z oburzeniem.

– Co było w bileciku?

– Że potrzebuje więcej czasu. I że wyjeżdża.

– Czy jest jakiś powód, żeby Robert...

– Nie, to niemożliwe! – Popatrzyła mu prosto w oczy. – Pyta pan, czy Robert mógł mieć z tym coś wspólnego?

– Staram się mieć oczy otwarte, panno Cormier.

– Robert nie jest zdolny do zbrodni. Na Boga, jest lekarzem!

– W porządku. Zostawmy to na razie. Przyjrzyjmy się innym ewentualnościom. Rozumiem, że pani pracuje?

– Tak, oczywiście. Jestem pielęgniarką w Centrum Medycznym Maine.

– Jaki oddział?

– Izba przyjęć ratownictwa medycznego.

– Jakieś problemy w pracy? Konflikt z personelem? Z szefem?

– Nie. Dogadujemy się.

– Pogróżki? Na przykład od pacjentów?

– Gdybym miała wrogów, wiedziałabym o tym – odrzekła zdenerwowana.

– Niekoniecznie.

– Robi pan wszystko, żeby mnie wyprowadzić z równowagi.

– Proszę tylko, żeby się pani przyjrzała swojemu życiu osobistemu. Niech pani pomyśli o wszystkich osobach, które pani nie lubią.

Nina zapadła się w fotel. Wszyscy, którzy mnie nie lubią. Pomyślała o rodzinie. Swojej starszej siostrze Wendy, z którą nigdy nie była blisko. Matce Lydii i jej mężu, bogatym snobie. Ojcu imieniem George, którego czwarta żona, wypasiona blondyna, uważała jego dzieci za denerwującą niedogodność. Stanowili dużą, dysfunkcyjną rodzinę, ale na pewno nie było między nimi morderców. Potrząsnęła głową.

– Nie ma nikogo takiego.

Westchnął i po chwili zamknął notes.

– W porządku. Myślę, że to na razie wszystko.

– Na razie?

– Pewnie będę jeszcze miał pytania. Kiedy porozmawiam z innymi gośćmi.

Wysiadł z samochodu i dodał przez otwarte okno:

– Jeżeli coś się pani przypomni, proszę zadzwonić.

Napisał coś w notesie i podał jej wyrwaną kartkę z imieniem i nazwiskiem oraz telefonem.

– To bezpośredni numer – oznajmił. – Można mnie złapać całą dobę przez policyjną centralę telefoniczną.

– Czyli... Mogę jechać do domu?

– Tak. – Już odchodził.

– Detektywie?

Odwrócił się. Nie zdawała sobie sprawy, że jest taki wysoki. Jak on się zmieścił obok niej w samochodzie?

– O co chodzi, panno Cormier?

– Powiedział pan, że mogę już jechać.

– Tak.

– Ale nie mam czym.

Skinęła głową w stronę zburzonego kościoła.

– Może pan mógłby zadzwonić do mojej matki, żeby po mnie przyjechała?

– Do matki?

Rozejrzał się wokół, by przekazać to zadanie komuś innemu. W końcu zrezygnowany wrócił do wozu policyjnego i otworzył drzwi z jej strony.

– Niech pani wysiądzie. Odwiozę panią moim samochodem.

– Prosiłam tylko, żeby pan zadzwonił.

– To drobiazg. – Wyciągnął rękę, by jej pomóc. – I tak muszę wstąpić do pani matki.

– Do mojej matki? Po co?

– Była na ślubie. Muszę z nią porozmawiać. Za jednym zamachem załatwię i jedno, i drugie.

Elegancko powiedziane, pomyślała.

Udała, że nie widzi wyciągniętej ręki. Z trudnością wygrzebała się z samochodu, bo tren okręcił się wokół jej stóp i musiała go kilka razy kopnąć, żeby się uwolnić. Przyglądał się jej rozbawiony, aż w końcu schwyciła brzeg sukni i głośno szeleszcząc materiałem, go wyminęła.

– Panno Cormier?

– Co? – rzuciła przez ramię.

– Mój samochód stoi po tamtej stronie.

Stanęła. Wyraźnie się zaczerwieniła. Pan detektyw uśmiechał się jak kot, który właśnie zżarł kanarka.

– Granatowy taurus. Jest otwarty. Zaraz przyjdę.

Odwrócił się i odszedł w przeciwnym kierunku, w stronę grupki policjantów, a Nina ruszyła do samochodu. Z obrzydzeniem zajrzała do środka. Ma pojechać tym rzęchem? W tym śmietniku? Kiedy otworzyła drzwi, wypadł papierowy kubek. Na podłodze, przy fotelu pasażera, leżała pusta torba z McDonalda, kilka kolejnych kubków po kawie i „Portland Press Herald" sprzed dwóch dni. Tylne siedzenie zawalone było innymi gazetami i aktami spraw. Na wierzchu leżała teczka, marynarka i ni z gruszki, ni z pietruszki rękawica baseballowa. Zebrała śmieci ze swojej strony, rzuciła do tyłu i wsiadła. Miała nadzieję, że siedzenie jest czyste.

Detektyw Zimna Ryba już nadchodził. Podwinął wcześniej rękawy koszuli i rozluźnił krawat. Był wyraźnie rozgorączkowany i chociaż się spieszył, to podwładni nękali go jeszcze pytaniami.

W końcu usiadł za kierownicą i trzasnął drzwiami.

– Dobrze, gdzie mieszka pani matka?

– Cape Elizabeth. Ale widzę, że jest pan zajęty...

– Mój partner dopilnuje interesu. Podrzucę panią, porozmawiam z matką i wstąpię do szpitala, do ojca Sullivana.

– Świetnie. W ten sposób za jednym zamachem załatwi pan trzy sprawy.

– Wierzę w efektywność pracy.

Jechali w milczeniu. Nie widziała sensu w podtrzymywaniu rozmowy. On nie doceniłby uprzejmości. Wyglądała więc przez okno i myślała ponuro o przyjęciu weselnym i tartinkach czekających na gości, którzy się nie pojawią. Będzie musiała zadzwonić i poprosić, by jedzenie, zanim się zepsuje, zawieziono do stołówki dla bezdomnych. No i jeszcze te prezenty, dziesiątki prezentów w domu. Wróć – w domu Roberta. To nigdy nie był jej prawdziwy dom. Tylko tam mieszkała, jak lokator. Sama wpadła na pomysł, by płacić połowę kredytu. Robert często mówił, że docenia i szanuje jej niezależność, jej potrzebę posiadania własnej tożsamości. W każdym dobrym związku, mówił, prawa i obowiązki rozłożone są pół na pół. Tak było od początku. Na jednej randce płacił on, na drugiej ona. Właściwie to ona nalegała, by pokazać mu, jaka jest wyzwolona.

To takie głupie. Nigdy nie byłam wyzwolona, pomyślała. Zawsze marzyłam o dniu, kiedy zostanę żoną doktora Bledsoe. Tego oczekiwała po niej rodzina: żeby dobrze wyszła za mąż. Nigdy nie rozumieli, dlaczego poszła do szkoły dla pielęgniarek. Dla nich był to jedynie sposób na złapanie męża. Lekarza. No i go złapała.

I co mi z tego zostało? Sterta prezentów, które muszę odesłać, suknia ślubna, której nie mogę zwrócić, i dzień, którego nigdy nie zapomnę. Najbardziej wstrząsnęło nią upokorzenie. Nie fakt, że Robert zniknął. Nawet nie to, że mogła zginąć w gruzach kościoła. Sama eksplozja wydawała się jej nierzeczywista, jak z telenoweli. Tak odległa jak ten facet siedzący obok niej.

– Dobrze sobie pani radzi – zauważył.

Zdziwiona, że detektyw Zimna Ryba odezwał się, spojrzała w jego stronę.

– Słucham?

– Przyjęła to pani spokojnie. Spokojniej niż inni.

– Nie wiem, jak inaczej mogłabym to przyjąć.

– Nie dziwiłbym się, gdyby po wybuchu bomby wpadła pani w histerię.

– Jestem pielęgniarką. Nie bawię się w histerię.

– Ale to musiał być dla pani szok. Może jeszcze nastąpić reakcja emocjonalna.

– Chce pan powiedzieć, że to jest cisza przed burzą?

– Coś w tym rodzaju.

Ich spojrzenia spotkały się, ale musiał popatrzeć na drogę i cień porozumienia zniknął.

– Dlaczego nie było z panią w kościele rodziny?

– Odesłałam ich do domu.

– Nie oczekiwała pani wsparcia?

Wyjrzała przez okno.

– Moja rodzina nie należy do wspierających. I chyba... chciałam zostać sama. Zranione zwierzę ukrywa się, aby lizać rany. Tego potrzebowałam.

Zamrugała, by przepędzić łzy, i ucichła.

– Wiem, że nie ma pani teraz ochoty na rozmowę, ale proszę mi odpowiedzieć tylko na jedno pytanie. Kto mógł być celem ataku? Może ojciec Sullivan?

– To naprawdę ostatnia osoba, którą ktoś zechciałby skrzywdzić.

– To był jego kościół. Znajdowałby się w centrum wybuchu.

– Ojciec Sullivan jest najmilszym człowiekiem na świecie! Zimą rozdaje na ulicy koce, kłóci się o łóżka w schroniskach. Na pogotowiu, kiedy mamy bezdomnych, dzwonimy do niego.

– Nie kwestionuję jego charakteru. Pytam tylko o jego wrogów.

– On nie ma wrogów – oświadczyła sucho.

– A reszta gości? Czy ktoś z nich mógł być celem?

– Nie wyobrażam sobie...

– Świadek Jeremy Wall. Proszę mi o nim opowiedzieć.

– Jeremy? Studiował razem z Robertem. Jest radiologiem, pracuje w Centrum Medycznym Maine.

– Żonaty?

– Kawaler. Stary kawaler.

– A pani siostra Wendy? Była druhną?

– Jest mężatką.

– Ma wrogów?

– Chyba tylko kogoś, kto nienawidzi doskonałości.

– To znaczy?

– No, jest córką, o jakiej marzy każdy rodzic.

– W przeciwieństwie do pani?

Nina wzruszyła ramionami.

– Jak pan to zgadł?

– W porządku, a więc zostaje jeden główny zawodnik. Ten, który przez przypadek się nie pojawił.

Nina patrzyła przed siebie. Co mam powiedzieć mu o Robercie, jeżeli sama nic nie wiem, pomyślała. Odetchnęła z ulgą, kiedy nie pytał już dalej. Widocznie zrozumiał, że posunął się za daleko. Że ona jest już na skraju wytrzymałości. Kiedy jechali krętą drogą do Cape Elizabeth, poczuła, że spokój ją opuszcza. Ostrzegł ją. Reakcja emocjonalna. Ból przebijający się przez otępienie.

Trzymała się nieźle, przetrwała dwa kolejne szoki i uroniła zaledwie kilka łez. Teraz zaczęły jej dygotać ręce, a z każdym oddechem toczyła walkę, by się nie rozszlochać.

Gdy w końcu zatrzymali się przed domem matki, Nina zaczęła dygotać. Nie czekała, aż Sam otworzy jej drzwi. Wydostała się niezręcznie, przytrzymując kłęby pogniecionego materiału. Gdy wszedł na schody, ona już desperacko dzwoniła do drzwi, modląc się, by matka wpuściła ją, zanim się rozsypie.

Drzwi otwarły się na oścież. Lydia, ciągle jeszcze w eleganckiej sukni, stanęła jak wryta na widok swojej rozczochranej i wymiętej córki.

– Nina? Och, moja biedna Nina! – Rozłożyła ramiona.

Nina wpadła w jej objęcia. Tak mocno pragnęła, by ją ktoś przytulił, że nie od razu zauważyła, że Lydia cofnęła się o krok, by nie pognieść swojej zielonej jedwabnej sukni.

Ale usłyszała pytanie matki.

– Nie było wiadomości od Roberta?

Nina zesztywniała. Błagam, pomyślała, nie rób mi tego.

– Jestem pewna, że można to wszystko naprawić – rzekła Lydia. – Usiądźcie z Robertem i porozmawiajcie szczerze...

Nina odsunęła się.

– Nie mam zamiaru siadać do żadnej rozmowy z Robertem. A szczerze to chyba nigdy nie rozmawialiśmy.

– Kochanie, to normalne, że jesteś wściekła...

– A ty nie jesteś wściekła, mamo? Czy nie mogłabyś być wściekła ze mną?

– Tak, oczywiście. Ale nie możesz odrzucić Roberta tylko dlatego, że...

Sam odchrząknął głośno i dopiero wtedy Lydia zauważyła, że ktoś stoi przed drzwiami.

– Sam Navarro, policja. Pani Cormier?

– Obecnie noszę nazwisko Warrenton. – Zmarszczyła brwi. – O co chodzi? Co policja ma z tym wspólnego?

– Zdarzył się wypadek w kościele. Trwa dochodzenie w tej sprawie.

– Wypadek?

– Podłożono bombę.

– Pan chyba żartuje.

– Nie. Wybuch nastąpił o drugiej czterdzieści pięć po południu. Na szczęście nikt nie został ranny. Ale gdyby ślub się odbył...

Lydia zbladła. Cofnęła się o krok i zaniemówiła.

– Pani Warrenton, muszę pani zadać parę pytań.

Nina nie chciała tego słuchać. Usłyszała już zbyt wiele pytań. Poszła na górę do pokoju gościnnego, gdzie została jej walizka, ta, którą spakowała na wyjazd na wyspę.

Miała w niej kostiumy kąpielowe, letnie sukienki i krem do opalania. Wszystko, czego potrzebowała na tydzień w raju.

Zdjęła ślubną suknię i ostrożnie rozłożyła ją na fotelu. Zawisła tam biała i jakby martwa. Bezużyteczna. Zbadała zawartość walizki. Jej marzenia leżały pogrzebane wśród arkuszy bibułki do pakowania. Wtedy opuściły ją resztki samokontroli. Usiadła na łóżku tylko w bieliźnie i teraz, kiedy była już sama, poddała się rozpaczy.

Lydia Warrenton była inna. Sam zauważył to już w chwili, gdy otworzyła drzwi. Starannie umalowana, elegancko uczesana, w zielonej sukni podkreślającej szczupłą sylwetkę, nie wyglądała na matkę panny młodej. Było oczywiście podobieństwo fizyczne. Obydwie miały czarne włosy i takie same czarne, ocienione gęstymi rzęsami oczy. Nina jednak miała w sobie jakieś ciepło i wrażliwość, podczas gdy Lydia była zimna i zachowywała się z rezerwą, jakby okalał ją mur, niepozwalający się do niej zbliżyć. Piękna i bogata, pomyślał, patrząc na pokój, w którym się znaleźli.

Dom był prawdziwym muzeum antyków. Przedtem zauważył na podjeździe mercedesa. A salon, do którego go wprowadziła, miał wspaniały widok na ocean. Widok za milion dolarów.

Lydia usiadła skromnie na kanapie pokrytej brokatem i wskazała mu fotel. Jego haftowane obicie było tak nieskazitelne, że z trudem stłumił w sobie chęć sprawdzenia czystości swojego ubrania, zanim zapadł się w miękkie poduszki.

– Bomba – powtórzyła cicho Lydia, potrząsając głową. – Kto podłożyłby bombę pod kościół?

– To nie pierwsza bomba w mieście.

Spojrzała na niego zaskoczona.

– Ma pan na myśli magazyny? W zeszłym tygodniu? Czytałam, że miało to coś wspólnego z mafią.

– Była taka hipoteza.

– Ale to kościół. Jaki może być związek?

– Pani Warrenton, też go nie widzimy. Ale musimy się dowiedzieć, czy jakiś istnieje. Może pani nam pomoże. Czy nie zna pani powodu, dla którego ktoś chciałby wysadzić w powietrze kościół Dobrego Pasterza?

– Nic nie wiem o tym kościele. Nie chodzę do niego. To była decyzja mojej córki, żeby w nim odbył się ślub.

– Brzmi to tak, jak gdyby pani tego nie aprobowała.

Wzruszyła ramionami.

– Nina ma swój szczególny sposób działania. Ja wybrałabym bardziej... renomowaną świątynię. I dłuższą listę gości. Ale to cała Nina. Ona chciała ślubu skromnego.

Styl życia Lydii Warrenton na pewno nie jest skromny, pomyślał Sam, rozglądając się po salonie.

– Ale do rzeczy. Nie znam żadnego powodu, dlaczego ktoś pragnąłby wysadzić w powietrze ten kościół.

– O której pani z niego wyszła?

– Kilka minut po drugiej. Kiedy stało się oczywiste, że nic nie mogę dla Niny zrobić.

– Kiedy pani czekała, nie zauważyła pani przypadkiem kogoś, kto nie powinien był tam się znaleźć?

– Byli tylko ludzie, których się spodziewałam. Dekoratorzy z kwiaciarni, pastor, goście.

– Nazwiska?

– Ja, moja córka Wendy. Świadek, nie pamiętam jego nazwiska. Mój były mąż George i jego ostatnia żona.

– Ostatnia.

Prychnęła pogardliwie.

– Daniella. Czwarta, jak dotąd.

– A pani mąż?

– Samolot Edwarda z Chicago miał dwie godziny opóźnienia.

– A więc nawet jeszcze nie dojechał?

– Nie. Ale miał zamiar dotrzeć na przyjęcie.

– Czy mogę zapytać, czym się pani mąż zajmuje?

– Jest prezesem Ridley Warrenton.

– Koncernu papierniczego?

– Tak.

To wiele wyjaśnia – i dom, i mercedesa, pomyślał Sam. Ridley Warrenton było jednym z największych właścicieli gruntów w północnym Maine. Produkty przemysłu drzewnego, od tarcicy do wysokogatunkowego papieru, szły na cały świat.

Następnego pytania nie dało się uniknąć.

– Pani Warrenton, czy pani mąż ma wrogów?

Jej reakcja go zdziwiła. Roześmiała się.

– Każdy z jego pieniędzmi ma wrogów.

– Czy może pani kogoś wymienić?

– O to musiałby pan poprosić Edwarda.

– Tak też zrobię – odparł, wstając. – Skoro tylko mąż wróci, proszę go poprosić, żeby do mnie zadzwonił.

– Mój mąż jest bardzo zajętym człowiekiem.

– Ja też, szanowna pani – odrzekł i, skinąwszy głową, odwrócił się i wyszedł.

Na podjeździe posiedział przez chwilę w swoim taurusie i przypatrzył się jeszcze raz pałacykowi. To bez wątpienia jeden z najwspanialszych domów, w jakich był. Nie żeby bywał w pałacykach. Sam Navarro, syn bostońskiego gliniarza, który też był synem bostońskiego gliniarza. W wieku dwunastu lat przeprowadził się do Portlandu wraz ze świeżo owdowiałą matką. Nic nie przyszło im łatwo. Jego matka zaakceptowała tę prawdę życiową z rezygnacją. Ale nie Sam. Jego okres dojrzewania to było pięć długich lat buntu. Bójki na boisku szkolnym, papierosy w łazience, wystawanie na Monument Square z podejrzanym elementem. W jego dzieciństwie nie było pałacyków.

Zapalił silnik i odjechał. Śledztwo dopiero się zaczyna: on i Gillis mają przed sobą długą noc. Trzeba przesłuchać pastora, dekoratora, świadków i pana młodego.

Przede wszystkim pana młodego, bo to on odwołał ślub. Jego decyzja, przypadkowa czy zaplanowana, uratowała życie kilkunastu osobom.

Wygląda to na nadmiar szczęścia. Czyżby Bledsoe został ostrzeżony? Czy to on miał być celem ataku? Czy to był rzeczywisty powód porzucenia narzeczonej przed ołtarzem?

Obraz Niny Cormier wrócił do niego w całej swojej jaskrawości. To twarz, jakiej łatwo nie zapomni. Chodzi nie tylko o duże brązowe oczy i ponętne usta. Największe wrażenie zrobiła na nim duma tej kobiety. Ten rodzaj dumy, który kazał jej trzymać głowę wysoko nawet wtedy, gdy płakała. Podziwiał ją za to. Zero narzekania, zero użalania się nad sobą. Ta kobieta została upokorzona, porzucona i o mało nie wyleciała w powietrze, ale miała dosyć siły, żeby mu się postawić. To było jednocześnie zabawne i irytujące. Jak na kobietę, której pewnie podawano wszystko na srebrnej tacy, miała w sobie imponującą siłę przetrwania. Dostała dziś czarną polewkę, i ją zjadła.

Zdumiewająca, naprawdę zdumiewająca kobieta.

Co doktor Robert Bledsoe o niej powie?

Było już po piątej, kiedy Nina w końcu wynurzyła się z pokoju gościnnego swojej matki.

Spokojna i opanowana, miała na sobie dżinsy i koszulkę. Wcześniej powiesiła w szafie suknię ślubną. Nie chciała nawet na nią patrzeć. Zeszła na dół i zastała matkę w salonie, ze szklanką whisky w ręku. Detektywa Navarro już nie było. Lydia podniosła drinka do ust, a grzechoczące kostki lodu zdradziły, że trzęsą jej się ręce.

– Mamo?

Lydia wzdrygnęła się na dźwięk głosu córki.

– Przestraszyłaś mnie.

– Chyba już pójdę. Dobrze się czujesz?

` – Tak. Tak, oczywiście. – Lydia zadrżała, a potem, jakby sobie coś przypomniała, zapytała: – A ty?

– Wszystko będzie dobrze. Potrzebuję tylko trochę czasu. Z dala od Roberta.

Matka i córka popatrzyły na siebie. Żadna nie odezwała się, żadna nie wiedziała, co powiedzieć.

37

Zawsze tak było między nimi. Matka była zbyt zajęta sobą, aby okazywać córce uczucia. I to był rezultat – ta cisza panująca pomiędzy dwiema kobietami, które prawie się nie znają i nie rozumieją.

Lydia znowu wypiła łyk whisky.

– Jak ci poszło z tym detektywem?

– Zadawał pytania, a ja odpowiadałam. – Lydia wzruszyła ramionami.

– Powiedział coś? Kto mógł to zrobić?

– Nie, był zamknięty jak ostryga, i niezbyt miły.

Nina nie mogła się nie zgodzić. Widziała już kostki lodu cieplejsze od Sama Navarro. Ale w końcu facet wykonuje tylko swoją pracę. Nie płacą mu za to, żeby był czarujący.

– Jeżeli chcesz, to możesz zostać na kolację – odezwała się Lydia. – Zostań. Poproszę kucharza...

– Nie, w porządku. Ale dziękuję.

Lydia spojrzała na nią.

– To z powodu Edwarda?

– Nie, mamo. Naprawdę.

– To dlatego tak rzadko nas odwiedzasz. Z powodu niego. Chciałabym, żebyś go polubiła. – Lydia westchnęła i spojrzała w głąb swej szklanki. – On jest dla mnie bardzo dobry. I hojny. Musisz mu to przyznać.

Kiedy Nina myślała o swoim ojczymie, „hojny" nie był pierwszym przymiotnikiem, jaki przychodził jej do głowy. Raczej wybrałaby słowo „bezwzględny". Bezwzględny i dominujący. Nie chciała jednak rozmawiać o Edwardzie.

Odwróciła się i ruszyła w stronę drzwi.

– Muszę pojechać do domu i spakować rzeczy. Bo będę musiała się wyprowadzić.

– Czy nie możecie jakoś się pogodzić?

– Po tym, co się dzisiaj stało?

– A może spróbujecie? Może powinniście porozmawiać? Może coś można zmienić?

– Mamo, proszę...

Lydia usiadła głębiej.

– W każdym razie jesteś zaproszona na kolację.

– Może innym razem – odrzekła Nina cicho. – Do widzenia, mamo.

Wychodząc, nie usłyszała odpowiedzi.

Jej honda była zaparkowana z boku domu, tam, gdzie ją rano zostawiła. Tego ranka, gdy czekała na swój ślub. Jaka Lydia była z niej dumna, kiedy siedziały razem w limuzynie! Tak matka powinna patrzeć na córkę. Tak jak nigdy dotąd.

I pewnie nigdy już tak na nią nie popatrzy.

Jazda do kościoła, uśmiechy, radość, to wszystko było tak odległe. Włączyła silnik i wycofała się spod domu matki.

Skierowała się na południe, w stronę Hunts Point, gdzie stał dom Roberta. Droga była kręta, a ona jechała na automatycznym pilocie, bezmyślnie kręcąc na zakrętach kierownicą. A jeżeli Robert wcale nie wyjechał?

Złapała mocniej za kierownicę i pomyślała o tym wszystkim, co chciałaby mu powiedzieć. Jaka się czuła wykorzystana i zdradzona. „Cały rok", przelatywało jej przez myśl. „Cały cholerny rok mojego życia".

Dopiero kiedy minęła Smugglers Cove, spojrzała w lusterko wsteczne. Jechał za nią czarny ford. Ten sam czarny ford, którego widziała parę minut wcześniej, koło Delano Park. Kiedyś nie przejmowałaby się tym. Ale dzisiaj, po tych wszystkich pytaniach detektywa...

Starała się pozbyć niesprecyzowanego uczucia niepokoju i jechała dalej. Skręciła w Ocean House Drive. Ford też. Nie było powodu do niepokoju. W końcu Ocean House Drive to główna ulica w tej dzielnicy.

Aby się uspokoić, zjechała w lewo, w stronę Peabbles Point. To mało uczęszczana droga. Na pewno tutaj ona i ford się rozdzielą. Tymczasem tak się nie stało. Teraz zaczęła się bać. Nacisnęła na pedał gazu. Honda przyspieszyła. Wiedziała, że jedzie za szybko, ale musi zgubić forda. Tylko że znów się nie udało. Ford też przyspieszył. Właściwie to się nawet zbliżał. Nagle jego kierowca dodał gazu i samochód znalazł się obok niej. Brali zakręty bok w bok, jadąc równolegle.

Chce ją zepchnąć z drogi! Spojrzała w bok, ale przez przydymioną szybę zobaczyła tylko sylwetkę kierowcy. Dlaczego to robisz? Dlaczego?

Ford nieoczekiwanie skręcił i uderzył w hondę. Zmagała się z kierownicą, by utrzymać samochód na drodze. Niech szlag trafi tego szaleńca! Musi go zgubić.

Z całej siły nacisnęła na hamulec. Ford wystrzelił do przodu, ale tylko na moment. Natychmiast zwolnił i znów jechał obok, co chwilę uderzając w jej bok.

Udało się jej znów popatrzeć w bok i ku swojemu zdziwieniu zobaczyła, że okno przy siedzeniu pasażera jest otwarte. Kierowcą był mężczyzna. Ciemne włosy, ciemne okulary. Odwróciła wzrok i w odległości około pięćdziesięciu metrów zobaczyła wierzchołek wzniesienia.

Jakiś samochód właśnie z niego zjeżdżał, mknąc prosto na forda. Zapiszczały opony. Nina odczuła ostatnie uderzenie w samochód i ukłucia tłukącego się szkła. I wtedy wyleciała z drogi. Nie straciła jednak przytomności, nawet gdy honda dachowała ponad krzakami i drzewkami.

W końcu zatrzymała się pionowo na niedużym klonie. Nina wprawdzie była zupełnie świadoma, lecz przez moment nie mogła się ruszyć. Była zbyt oszołomiona, aby odczuwać ból czy chociaż strach. Zdziwiła się, że jeszcze żyje.

Powoli szok zaczął przerodzać się w dyskomfort. Bolała ją klatka piersiowa i ramiona. Pas uratował jej życie, ale ucierpiały żebra. Jęcząc, nacisnęła klamrę i uwalniając się, padła do przodu, na kierownicę.

– Ojej, proszę pani!

Odwróciła się i zobaczyła w oknie przerażoną twarz starszego mężczyzny. Mocnym szarpnięciem otworzył drzwi.

– Co się stało? Jak się pani czuje?

– Jestem... chyba dobrze.

– Lepiej wezwę pogotowie.

– Nie, wszystko dobrze. Naprawdę.

Wzięła głęboki oddech. Bolały ją żebra, ale to chyba były jedyne obrażenia. Z pomocą starszego pana wydostała się z samochodu i chwiejnie stanęła na nogach. Widok samochodu był następnym szokiem.

To był wrak. Drzwi od strony kierowcy były wgięte, okno strzaskane, a przedni zderzak rozleciał się zupełnie.

Odwróciła się i popatrzyła na szosę.

– A ten czarny samochód... – powiedziała.

– Ten idiota, który próbował panią wyprzedzić?

– Gdzie on jest?

– Uciekł. Powinna pani zgłosić faceta na policję. Pewnie jest pijany.

Pijany? O nie. Drżąc, popatrzyła na drogę, lecz ta była pusta. Czarny ford rozpłynął się we mgle.

ROZDZIAŁ TRZECI

Gordon Gillis jadł hamburgera z frytkami.

– Coś ciekawego? – zapytał.

– Ni cholery.

Sam powiesił kurtkę na wieszaku i zmęczony opadł na krzesło za swoim biurkiem.

– Jak tam pastor?

– Nie najgorzej. Ale zatrzymali go na obserwację.

– Miał jakieś pomysły co do bomby?

– Mówi, że nie ma wrogów. A dla tych, z którymi rozmawiam, ojciec Sullivan to prawdziwy święty. A co u ciebie?

– Przesłuchałem świadków i kwiaciarza. Nikt niczego nie widział.

– A dozorca?

– Ciągle go szukamy. Żona mówi, że zwykle wraca o szóstej. Poślę Cooleya, żeby z nim porozmawiał.

– Ojciec Sullivan mówi, że dozorca otwiera główne drzwi o siódmej rano. Każdy mógł wejść i zostawić paczkę.

– A wczoraj wieczorem? – zapytał Gillis. – O której zamknął drzwi?

– Zwykle zamyka sekretarka. Pracuje na pół etatu. Normalnie zrobiłaby to około szóstej po południu. Niestety, dziś wyjechała na urlop. Do rodziny w Massachusetts. Próbujemy ją... – Urwał, bo zadzwonił telefon Gillisa.

– Tak, co się stało?

Sam przyglądał się, jak jego partner zapisuje coś na bloczku, który mu zaraz podsunął. Trundy Point Road. Zaraz potem Gillis powiedział:

– Zaraz przyjedziemy – i odłożył słuchawkę.

– Co jest? – zapytał Sam.

– Raport z patrolu. Panna młoda, ta z kościoła.

– Nina Cormier?

– Jej samochód spadł z drogi na Trundy Point.

Sam poderwał się.

– A co z nią?

– W porządku. Poprosiła, żeby nas zawiadomili.

– O wypadku? Dlaczego?

– Bo to nie był wypadek. Ktoś zepchnął ją z drogi.

Bolały ją żebra i obojczyk, twarz była podrapana odpryskami szkła. Ale przynajmniej w głowie miała jasno. Na tyle jasno, by rozpoznać mężczyznę wysiadającego z granatowego taurusa, który właśnie nadjechał. To ten ponury detektyw, Sam Navarro. Nawet nie spojrzał w jej kierunku.

Zmierzchało już. Nina przyglądała się, jak detektyw rozmawia z policjantem. Po chwili obaj zeszli w dół do wraku samochodu. Sam, jak skradający się kot, obszedł hondę. Porusza się ze swobodną gracją drapieżnika, jest absolutnie skoncentrowany, pomyślała Nina. W pewnym momencie zatrzymał się i ukucnął, by obejrzeć coś na ziemi. Potem wstał i przyjrzał się bliżej oknu od strony kierowcy.

Dotknął resztek szkła, otworzył drzwi i usiadł za kierownicą. Czego on, u licha, szuka? Widziała jego głowę, ukazującą się i znikającą w oknie.

Na koniec wyłonił się z samochodu, rozczochrany i wymięty. Znowu zwrócił się do policjanta, po czym odwrócił się i zaczął iść w jej kierunku.

Od razu poczuła, że puls jej przyspieszył. Było w tym mężczyźnie coś, co ją fascynowało, a zarazem przerażało. Nie jego wygląd, choć i ten był imponujący. Raczej sposób, w jaki na nią patrzył: obojętnie. Jego tajemniczość wyprowadzała ją z równowagi. Większość mężczyzn uważała Ninę za atrakcyjną i zwykle starali się być dla niej przynajmniej mili.

Ten człowiek zdawał się uważać ją za kolejną przyszłą ofiarę zabójstwa. Godną zainteresowania dla jego intelektu, i to wszystko. Wyprostowała się i wytrzymała jego wzrok.

– Jak się pani czuje?

– Kilka siniaków. Kilka skaleczeń. To wszystko.

– Nie chce pani jechać do szpitala? Mogę panią zawieźć.

– Nie, nie trzeba. Jestem pielęgniarką i coś wiem.

– Mówi się, że lekarze i pielęgniarki to najgorsi pacjenci. Na wszelki wypadek jednak zawiozę panią na pogotowie.

Zaśmiała się z niedowierzaniem.

– To brzmi jak rozkaz.

– Bo to jest rozkaz.

– Myślę, że wiedziałabym, gdybym...

Mówiła do jego pleców. Ten facet się od niej odwrócił!

– Panie Navarro! – zawołała.

– Tak? – Spojrzał na nią przez ramię.

– Nie, to nie jest... – Urwała i westchnęła. – Ach, mniejsza z tym – mruknęła i poszła za nim. Nie warto się z nim kłócić. Kiedy siadała w fotelu, odczuła ostry ból w klatce piersiowej. Może jednak on ma rację? Niektóre obrażenia ujawniają się po kilku godzinach, a nawet dniach. Trudno jej było przyznać się przed sobą, że pan Kamienna Twarz może się nie mylić co do jej stanu.

Nie czuła się na tyle dobrze, by rozmawiać podczas jazdy. W końcu to Sam przerwał ciszę.

– Może mi pani powiedzieć, co się stało?

– Złożyłam już zeznanie. Ktoś zepchnął mnie z drogi.

– Tak, czarny ford, mężczyzna. Rejestracja stanu Maine.

– A więc przekazano panu szczegóły.

– Świadek mówił, że to był pijany kierowca, który chciał panią wyprzedzić na górce. Mówił, że nie wyglądało to na celowe działanie.

Potrząsnęła głową.

– Nie wiem już, co o tym myśleć.

– Gdzie po raz pierwszy zauważyła pani forda?

– Chyba gdzieś koło Smugglers Cove. Pomyślałam, że wygląda, jakby mnie śledził.

– Zmieniał pasy? Przeszkadzał innym kierowcom?

– Nie. Po prostu jechał za mną.

– Czekał pod domem pani matki?

Spochmurniała i spojrzała na niego. Wydźwięk jego pytań nieznacznie się zmienił. Zaczęły brzmieć neutralnie. Nawet sceptycznie. Ale to ostatnie pytanie dało jej do zrozumienia, że bierze pod uwagę inną wersję niż zeznania świadka.

– Co pan sugeruje?

– Po prostu biorę pod uwagę różne możliwości.

– Patrol drogowy myślał, że to pijak.

– Ma prawo do swojego zdania.

– A jakie jest pana zdanie?

Milczał, prowadząc samochód z tym cholernie denerwującym spokojem. Czy ten człowiek okazuje kiedyś jakieś emocje? Zapragnęła chociaż raz zobaczyć, jak go coś wyprowadza z równowagi.

– Panie Navarro, płacę podatki. To ja wypłacam panu pensję. Chyba zasługuję na jakieś wyjaśnienie?

– O, stara gadka o budżetówce.

– Użyję każdej gadki, żeby wydrzeć z pana odpowiedź!

– Nie jestem pewien, czy chce ją pani usłyszeć.

– A dlaczegóż by nie?

– Obejrzałem pani samochód. To, co zobaczyłem, potwierdza w pełni pani wersję. Na karoserii po stronie kierowcy są odpryski czarnego lakieru świadczące o tym, że pojazd, który panią uderzył, jest rzeczywiście czarny.

– Czyli że nie jestem daltonistką.

– Zauważyłem też, że okno od strony kierowcy jest rozbite. I że stłuczenie jest gwiaździste. Nie takie, jakiego oczekiwałbym po dachowaniu.

– Bo było już rozbite, kiedy wyleciałam z drogi.

– Skąd pani wie?

– Pamiętam, że widziałam lecące szkło. Pokaleczyło mi twarz. Przed dachowaniem.

– Jest pani pewna? Na sto procent?

– Tak. Czy to ważne?

– Bardzo ważne – odrzekł cicho – bo zgadza się z tym, co znalazłem w pani samochodzie.

– A co pan znalazł w moim samochodzie?

– W drzwiach pasażera po prawej, które zakleszczyły się o drzewo. Metal był pogięty i dlatego policja nie zauważyła tego wcześniej. Ale wiedziałem, że gdzieś będzie. I znalazłem.

– Co pan znalazł?

– Dziurę po kuli.

Nina poczuła, jak krew odpływa jej z twarzy. Nie mogła wymówić słowa. Siedziała w ciszy, zszokowana, a świat wokół niej zawirował. Sam zaś mówił dalej. Beznamiętnie, zimno. To nie człowiek, pomyślała, to maszyna, robot.

– Kula musiała uderzyć w pani okno, z tyłu głowy, dlatego szkło się rozprysło. Kula ominęła panią i zrobiła dziurę w plastikowej obudowie drzwi pasażera i pewnie tam dalej siedzi. Znajdziemy ją. Wieczorem dowiemy się, jaki to kaliber. I jaka to broń. Dlaczego ktoś chce panią zabić?

Potrząsnęła głową.

– To jakieś nieporozumienie.

– Ten facet zadaje sobie wiele trudu. Wysadził w powietrze kościół. Śledził panią. Strzelał. Gdzie tu nieporozumienie?

– Ależ na pewno...

– Proszę pomyśleć. Ktoś na pewno chce panią zabić.

– Powiedziałam panu, nie mam żadnych wrogów!

– Musi pani mieć.

– Nie mam! – Zapłakała i schwyciła się za głowę. – Nie mam – powtórzyła.

– Przykro mi. Wiem, to trudno przyjąć, że...

– Nie wie pan. – Podniosła głowę. – Nie ma pan bladego pojęcia. Zawsze myślałam, że ludzie mnie lubią. Albo przynajmniej mnie nie nienawidzą. To takie trudne mieć dobre stosunki ze wszystkimi. A teraz pan mi mówi, że jest gdzieś ktoś, kto chce... – Urwała i wpatrzyła się w ciemniejącą drogę.

Zapadła cisza. Sam wiedział, że sytuacja jest zbyt delikatna, by atakować Ninę kolejnymi pytaniami. Podejrzewał, że jej fizyczny i emocjonalny ból jest znacznie większy niż ten, któremu pozwoliła się ujawnić. Sądząc po stanie samochodu, jej ciało doznało brutalnego ataku.

W szpitalu, gdy Ninę badał lekarz, Sam przemierzał poczekalnię. Po kilku prześwietleniach wyszła jeszcze bledsza. Zaczyna to do niej docierać, pomyślał. Nie może już dłużej zaprzeczać, że zagrożenie jest realne.

Gdy znalazła się znów w jego samochodzie, zapadła w milczenie. Popatrywał na nią, czekając, aż wybuchnie płaczem i zacznie histeryzować, ale była nad wyraz spokojna.

– Nie powinna pani być dzisiaj sama – zauważył. – Dokąd panią odwieźć?

Jedyną odpowiedzią było wzruszenie ramion.

– Do matki? Zawiozę panią do domu po rzeczy i...

– Nie. Nie do matki – odrzekła cicho.

– Dlaczego nie?

– Nie chcę sprawiać jej... kłopotu.

– Kłopotu? Przepraszam bardzo, ale czy nie od tego są matki? Żeby nas podnieść i otrzepać?

– Mój ojczym nie należy do osób, które mogą kogokolwiek wesprzeć.

– Czy ona nie może dać schronienia swojej córce we własnym domu?

– To nie jest jej własny dom, detektywie. To jest dom jej męża. A on mnie nie akceptuje. Z wzajemnością.

Uderzyło go, jak bardzo jest odważna. I samotna.

– Od dnia ślubu Edward Warrenton zaczął kontrolować każdy aspekt życia mojej matki. Rządzi nią, a ona godzi się z tym bez słowa skargi. Bo jego pieniądze są dla niej tego warte. Nie mogłam już tego znieść. I kiedyś wygarnęłam mu, co o tym myślę.

– I pewnie postąpiła pani słusznie.

– Nie było to korzystne dla rodzinnej harmonii. Dlatego pojechał do Chicago w interesach. Żeby nie być na moim ślubie. – Westchnęła i oparła się o zagłówek. – Wiem, że nie powinnam złościć się na matkę, ale nic na to nie poradzę. Denerwuje mnie, że nigdy mu się nie przeciwstawiła.

– Dobrze. To nie do matki. Więc może do ojca?

Lekko kiwnęła głową.

– Myślę, że mogę zostać u niego.

– Zgoda. Bo nie pozwolę, żeby była pani dziś sama.

Kiedy tylko wyrwało mu się to z gardła, pomyślał, że nie powinien był tego mówić. Zabrzmiało to tak, jakby mu na niej zależało. Jakby uczucia zaczęły ingerować w jego obowiązki. Jest zbyt dobry jako glina, i zbyt ostrożny, by do tego dopuścić. Wydawało mu się, że czuje jej zdziwione spojrzenie. Tonem chłodniejszym, niż zamierzał, dodał:

– Może pani być jedynym ogniwem łączącym nas z eksplozją. Potrzebuję pani żywej i zdrowej dla dobra dochodzenia.

– Tak, oczywiście.

Znowu patrzyła przed siebie. Nie odezwała się już ani słowem. W końcu podjechali pod dom na Ocean View Drive. Zaparkował, a ona miała już wysiadać, kiedy złapał ją za rękę i wciągnął z powrotem do środka.

– Proszę zaczekać.

– O co chodzi?

– Proszę poczekać.

Rozejrzał się po ulicy, szukając samochodów i ludzi. Czegoś podejrzanego. Ulica była pusta.

– W porządku. – Wysiadł, obszedł samochód i otworzył jej drzwi. – Niech pani spakuje jedną walizkę. Na więcej nie mamy czasu.

– Nie mam zamiaru zabierać ze sobą mebli.

– Chciałbym, żeby to się odbyło szybko i sprawnie. Jeśli ktoś naprawdę pani szuka, to tu przyjdzie. A więc nie marudźmy, dobrze?

Uwaga mająca podkreślić zagrożenie wywarła zamierzony efekt. Nina pomknęła do domu. Musiał ją przekonać, że powinna poczekać na werandzie, dopóki nie sprawdzi szybko domu. Chwilę później wystawił głowę przez drzwi i zawołał:

– W porządku.

Gdy się pakowała, Sam rozglądał się po salonie. Dom był stary, ale przestronny, urządzony gustownie, z widokiem na ocean. Typowy dom, w jakim może mieszkać lekarz. Podszedł do fortepianu – Steinwaya – i zagrał kilka nut.

– Kto gra? – zawołał.

– Robert – odparła z góry. – Ja mam drewniane ucho.

Przyjrzał się fotografii stojącej na fortepianie. Uśmiechnięta para. Nina i jakiś niebieskooki blondyn. Pewnie Robert Bledsoe. Wydawało się, że facet ma wszystko: urodę, pieniądze, wykształcenie. I tę kobietę. Kobietę, której nie chce. Na drugiej ścianie salonu wisiały dyplomy. Wszystkie należały do Roberta. Szkoła prywatna Groton. Licencjat w Dartmouth. Dyplom lekarza z Harvardu. Najlepsze szkoły, Ivy League. Zięć – marzenie każdej matki. Nic dziwnego, że Lydia Warrenton usilnie zachęcała córkę do zgody.

Dźwięk dzwoniącego telefonu był tak nieoczekiwany, że Sam natychmiast odczuł potężny przypływ adrenaliny.

– Mam odebrać? – Nina stała w drzwiach, spięta i wystraszona.

– Tak.

Podeszła do telefonu i po chwili wahania podniosła słuchawkę. Przysunął się bliżej, ale kiedy powiedziała „halo", nikt się nie odezwał.

– Halo? – powtórzyła Nina. – Kto mówi? Halo? Usłyszała dźwięk odkładanej słuchawki, a potem sygnał. Spojrzała na Sama. Stała bardzo blisko, jej włosy jak czarny jedwab musnęły jego twarz. Popatrzył jej w oczy i zareagował na jej bliskość nieoczekiwanym przypływem pożądania.

Tak nie powinno być. Postąpił krok do tyłu, by zwiększyć dystans między nimi. I chociaż stali teraz w odległości dobrego metra, nadal odczuwał jej magnetyzm. Ta kobieta nie pozwala mi myśleć jasno i logicznie. To niebezpieczne.

Opuścił wzrok i zauważył migające światełko automatycznej sekretarki.

– Ma pani trzy wiadomości – oznajmił.

– Słucham?

– Sekretarka.

Trochę nieprzytomnie spojrzała na telefon i nacisnęła guzik. Usłyszeli trzy sygnały, potem trzy razy ciszę i sygnał. Nina stała jak sparaliżowana i wpatrywała się w aparat.

– Dlaczego? Dlaczego dzwonią i nie odzywają się? O co chodzi?

– Żeby sprawdzić, czy jest pani w domu.

Znaczenie tego wyjaśnienia natychmiast uderzyło ją z całą mocą. Odskoczyła od telefonu jak oparzona.

– Muszę się stąd wydostać! – zawołała i pobiegła do sypialni.

Poszedł za nią i zobaczył, jak wrzuca ubrania do walizki, nie tracąc czasu na ich składanie. Spodnie, bluzki, bieliznę, wszystko naraz.

– Tylko najpotrzebniejsze rzeczy. Idziemy – rzekł.

– Tak, tak, ma pan rację.

53

Zakręciła się i wpadła do łazienki. Usłyszał przewracające się słoiczki, a po chwili Nina wróciła z pękatą kosmetyczką i wrzuciła ją do walizki. Zamknął walizkę i powtórzył:

– Idziemy.

W samochodzie siedziała skulona i milczała. Sam zerkał co chwilę w lusterko wsteczne, ale nikt za nimi nie jechał.

– Proszę się uspokoić. Jest dobrze. Odwiozę panią do domu ojca i będzie pani bezpieczna.

– A co potem? – zapytała cicho. – Jak długo mam się ukrywać? Tygodnie, miesiące?

– Tak długo, dopóki nie rozwikłamy tej zagadki.

Potrząsnęła głową w smutnym geście zdumienia.

– To nie ma sensu. Nic tu nie ma sensu.

– Może coś się wyjaśni, kiedy porozmawiamy z pani narzeczonym. Czy wie pani, gdzie on może być?

– Wydaje mi się, że jestem ostatnią osobą, której Robert by się zwierzył. W bileciku napisał, że wyjeżdża na jakiś czas. Chyba chciał od wszystkiego uciec. Ode mnie...

– Od pani? Czy od kogoś innego?

– Jest tyle spraw, których nie pojmuję. Nic mi nie mówił. Boże, gdybym tylko mogła zrozumieć. Byłoby mi lżej.

Co to za człowiek, ten Robert Bledsoe? – zastanawiał się. Jaki mężczyzna zostawia tak kobietę? Samą w obliczu zagrożenia?

– Osoba, która dzwoniła, może teraz złożyć pani wizytę. Chciałbym to zobaczyć. Ciekawe, kto się zjawi.

– Tak, oczywiście – potaknęła.

– Mogę wejść?

– Do środka?

– Jeżeli nasz podejrzany zjawi się, będzie musiał się włamać. Chciałbym na niego zaczekać.

– Może pana zabić – zauważyła.

– Nie jestem bohaterem, panno Cormier. Nie będę ryzykował.

– Ale jeżeli się pojawi...

– Będę gotowy. – Uśmiechnął się szeroko, by podtrzymać ją na duchu. Wcale mu się nie udało. Wyglądało na to, że bała się bardziej niż przedtem. O niego? Nie wiadomo dlaczego, poprawiło mu to humor. Świetnie. Zaraz ukręci sobie stryczek na swoją szyję, i to z powodu pięknych brązowych oczu. To jest dokładnie taka sytuacja, jakiej gliniarze powinni unikać: robienie z siebie bohatera dla jakiejś ładnej kobitki.

Tak giną ludzie. On też mógł tak zginąć.

– Nie powinien pan być sam.

– Nie będę sam. Dostanę wsparcie.

– Jest pan pewien?

– Jasne.

– Obiecuje pan? I nie będzie pan ryzykował?

– A co to? Jest pani moją matką? – odpalił zirytowany.

Wyjęła klucze i rzuciła je na deskę rozdzielczą.

– Nie, nie jestem pana matką, ale potrzebuję pana żywego i zdrowego, żeby rozwiązał pan tę zagadkę.

Zasłużył na to. Ona martwi się o jego bezpieczeństwo, a on odpowiada jej sarkazmem. Wiedział tylko, że ilekroć spojrzał jej w oczy, miał nieprzepartą ochotę odwrócić się i wiać. Zanim wpadnie w pułapkę.

Chwilę później przejechali przez bramę z kutego żelaza i znaleźli się na podjeździe domu ojca Niny. Nie czekała, aż Sam otworzy jej drzwi. Wysiadła z samochodu i wbiegła na kamienne schody. Sam poszedł za nią, niosąc walizkę. Przy okazji przyjrzał się domowi. Był olbrzymi, jeszcze wspanialszy niż dom Lydii Warrenton, z alarmem uważanym za rolls-royce'a systemów zabezpieczeń.

Dzwonek zabrzmiał jak dzwon kościelny. Odezwało się echo z dziesiątek pokoi. Drzwi otworzyła blondynka – i to jaka! Miała niewiele ponad trzydziestkę, ubrana była w błyszczący obcisły kombinezon z lycry, który podkreślał jędrne wypukłości jej ciała. Twarz kobiety lekko świeciła od zdrowego wysiłku, a z głębi domu dochodził odgłos rytmicznej muzyki towarzyszącej wideo z aerobikiem.

– Cześć, Daniello – rzekła Nina.

Twarz Danielli przybrała grymas współczucia, dla Sama trochę zbyt wyrazisty, żeby mógł być prawdziwy.

– Och, Nino! Tak mi przykro! Dzwoniła Wendy i powiedziała mi o kościele. Czy są ranni?

– Nie. Dzięki Bogu. – Nina zrobiła przerwę, jak gdyby bała się zapytać. – Czy mogłabym zostać u was na noc?

Wyraz współczucia zniknął z twarzy Danielli. Spojrzała krzywo na walizkę, którą trzymał Sam.

– Eee, hm... muszę porozmawiać z twoim tatą. Teraz jest w jacuzzi, a...

– Nina nie ma wyjścia – oznajmił Sam, wyminął Daniellę i wszedł do domu. – Sama nie jest bezpieczna.

Wzrok Danielli przeniósł się na niego. W tych niebieskich oczach bez wyrazu nioczekiwanie zauważył błysk zainteresowania.

– Obawiam się, że nie dosłyszałam pańskiego nazwiska.

– To jest detektyw Navarro – przedstawiła go Nina. – Z wydziału do spraw zamachów w Portlandzie. Daniella Cormier. Moja... Żona mojego ojca.

„Macocha" to było właściwe słowo, ale ta przystojna blondynka nie wyglądała na niczyją macochę. A spojrzenie, jakie mu posłała, nie było wcale matczyne. Daniella przekrzywiła głowę w geście wyrażającym zarówno ciekawość, jak i gotowość do flirtu.

– A więc jest pan policjantem?

– Tak, proszę pani.

– Myśli pan, że w kościele była bomba?

– Nie wolno mi o tym mówić. Trwa dochodzenie.

Gładko zakończył rozmowę i zwrócił się do Niny:

– Zostawiam panią. Proszę pamiętać o zamknięciu bramy. I włączeniu alarmu. Skontaktuję się z panią rano.

Skłonił głowę na pożegnanie, nie odrywając wzroku od oczu Niny. Trwało to krótko, ale zdziwiło go natychmiastowe uczucie więzi z tą kobietą. Pociągała go tak mocno, że musiał stoczyć ze sobą walkę, by ją opuścić.

Pożegnał się i wyszedł. W mroku przystanął i przyjrzał się domowi. W obecności dwojga ludzi Nina powinna być bezpieczna. Chociaż nie wiadomo, na ile okazaliby się pomocni w sytuacji kryzysowej. Ojciec moczy się w jacuzzi, a królowa lycry i hormonów nie wzbudza szaleńczego zaufania. Przynajmniej Nina jest inteligentna; mógł liczyć na to, że rozpozna ewentualne zagrożenie.

Skierował się z powrotem do domu Roberta Bledsoe na Ocean View Drive. Zostawił auto na bocznej ulicy.

Otworzył drzwi wejściowe kluczami Niny i zadzwonił do Gillisa, by zorganizował grupę patrolującą okolicę. Zaciągnął zasłony i usiadł, by zaczekać. Dochodziła dziewiąta.

Pół godziny później, nieco zniecierpliwiony, zaczął przemierzać salon, potem kuchnię, jadalnię i hol. Ktoś obserwujący dom z zewnątrz oczekiwałby, że światła będą zapalać się i gasnąć w różnych pomieszczeniach, a potem mieszkańcy udadzą się na spoczynek. Sam zgasił światło w salonie i poszedł do sypialni.

Nina zostawiła otwartą górną szufladę komody. Sam zerknął z zaciekawieniem na jej bieliznę. Coś czarnego i jedwabnego leżało na samym wierzchu i kokieteryjnie zwisało jednym rożkiem na zewnątrz. Nie mogąc powstrzymać odruchu, podniósł to coś, co pewnie więcej odsłaniało, niż zakrywało, wrzucił to z powrotem do szuflady i szybko ją zatrzasnął. Znowu się zdekoncentrował. Coś w Ninie Cormier i w jego reakcji na nią sprawia, że zachowuje się głupio jak żółtodziób.

W swojej pracy spotykał wiele kobiet. Niektóre były bardzo atrakcyjne. Jak Daniella, macocha Niny.

Dotąd udawało mu się zachować rozsądek i nie zaciągać ich do łóżka. To była sprawa samokontroli i instynktu samozachowawczego. Kobiety, z którymi się stykał, zwykle miały kłopoty i łatwo mogłyby uznać Sama za rycerza na białym koniu.

Takie wyobrażenie zazwyczaj nie trwa długo. Prędzej czy później rycerz straci zbroję, a one widzą, kim naprawdę jest – zwykłym gliną. Ani bogatym, ani błyskotliwym. Nie miał wiele do zaoferowania.

Zdarzyło się tak raz. Tylko raz. Ona była początkującą aktoreczką, próbującą pozbyć się agresywnego chłopaka; on był jeszcze początkującym gliniarzem, który miał jej pilnować.

Zaiskrzyło. Sprzyjające okoliczności. Ale dziewczyna nie była odpowiednia. Przez kilka zwariowanych tygodni był zakochany, myślał, że ona też. Potem rzuciła go jak gorący kartofel. Dostał bolesną nauczkę: nie miesza się romansu z pracą. Nigdy potem nie przekroczył tej granicy i teraz też nie miał zamiaru tego robić.

Odwrócił się od komody i już miał przejść na drugą stronę pokoju, kiedy usłyszał stuknięcie. Dochodziło od strony drzwi wejściowych.

Natychmiast zgasił światło w sypialni i sięgnął po broń. Wśliznął się do holu, zatrzymał przy wejściu do salonu i szybko omiótł wzrokiem panującą tam ciemność.

Przez okna sączyło się przytłumione światło z ulicy. W pokoju nie wyczuwało się ruchu, nie widać też było podejrzanych cieni. Od drzwi wejściowych doszło go ciche skrobanie i kilka nut elektronicznej muzyczki.

Wycelował broń w stronę wejścia. Przykucnął i był gotów strzelić, kiedy drzwi się otworzą. W świetle lampy ulicznej dojrzał sylwetkę mężczyzny.

– Policja! – krzyknął. – Stać!

ROZDZIAŁ CZWARTY

Mężczyzna zamarł.
– Ręce do góry! Szybciej!
Obydwie ręce wystrzeliły w górę.
– Nie strzelać! – zabrzmiał przerażony głos.
Sam bokiem przesunął się w stronę kontaktu i zapalił światło. Oślepiło ich obu. Sam popatrzył na mężczyznę stojącego przed nim i zaklął. Na ganku zadudniły kroki i do środka wpadło dwóch policjantów.
– Mamy go, Navarro! – zawołał jeden z nich.
– W ostatniej chwili – mruknął Sam z lekceważeniem. – Zostawcie go. To nie ten facet.
Schował broń i popatrzył na wysokiego blondyna, na którego twarzy malowało się przerażenie.
– Detektyw Sam Navarro, policja. Doktor Bledsoe?
– Tak, to ja. Co tu się dzieje? Co robicie w moim domu?

– Gdzie pan był przez cały dzień, doktorze?

– Byłem... Mogę opuścić ręce?

– Oczywiście.

Spojrzał ze strachem na policjantów stojących za jego plecami.

– Czy oni muszą... koniecznie celować we mnie?

– Możecie iść – powiedział Sam.

– A obserwacja? – zapytał jeden. – Odwołujesz?

– Wątpię, czy coś się jeszcze dzisiaj wydarzy. Ale do rana pokręćcie się po okolicy.

Policjanci wyszli, a Sam znowu zapytał:

– Gdzie pan był, doktorze?

Teraz, kiedy już nie celowały w niego dwa pistolety, przerażenie na twarzy Roberta przerodziło się w gniew.

– Najpierw proszę mi powiedzieć, co pan robi w moim domu! Czy mamy państwo policyjne? Policja włamuje się i grozi właścicielom? Nie ma pan prawa tu przebywać. Załatwię pana, jeżeli zaraz nie zobaczę nakazu rewizji!

– Nie mam nakazu.

– Nie ma pan nakazu? – Robert zaśmiał się triumfująco i nieprzyjemnie. – Wszedł pan do mojego domu bez nakazu? Włamuje się pan i jeszcze mi grozi?

– Nie włamałem się – odparł Sam chłodno. – Wszedłem frontowymi drzwiami.

– O tak, na pewno.

Sam wyciągnął klucze Niny i pokazał je Robertowi.

– Te klucze należą do mojej narzeczonej! Skąd pan je ma?

– Pożyczyła mi je.

– Cooo? – Teraz już wrzeszczał. – Gdzie ona jest? Nie miała prawa dawać nikomu kluczy od mojego domu!

– Myli się pan, doktorze. Nina Cormier tu mieszkała, jest więc to nie tylko pana dom. Daje jej to prawo, żeby upoważnić policję do wejścia, i to właśnie zrobiła.

Sam przyglądał mu się badawczo.

– A teraz zapytam pana po raz trzeci. Gdzie pan dzisiaj był?

– Wyjeżdżałem – warknął Robert.

– A konkretniej?

– Dobrze. Pojechałem do Bostonu.

– Dlaczego?

– Co to jest, przesłuchanie? Nie muszę z panem rozmawiać! A właściwie powinienem skontaktować się z moim prawnikiem.

Podszedł do telefonu i podniósł słuchawkę.

– Nie potrzebuje pan prawnika. Chyba że popełnił pan przestępstwo.

– Przestępstwo? – Robert odwrócił się gwałtownie. – Czy pan mnie o coś oskarża?

– Nie oskarżam, ale potrzebuję kilku odpowiedzi. Czy wie pan, co się stało dzisiaj w kościele?

Robert odłożył słuchawkę i pokiwał głową.

– Słyszałem, że była jakaś eksplozja, mówili w wiadomościach. Dlatego wróciłem. Martwiłem się, czy ktoś nie został ranny.

– Na szczęście kościół był już pusty, kiedy to się stało.

Robert odetchnął z ulgą.

– Dzięki Bogu – powiedział cicho.

Dalej trzymał rękę na telefonie, jak gdyby zastanawiał się, czy podnieść znowu słuchawkę.

– Czy policja, czy pan wie, co spowodowało wybuch?

– Tak, to była bomba.

Robert aż podskoczył. Ponownie wlepił wzrok w Sama, a potem powoli osunął się na najbliższe krzesło.

– Słyszałem tylko... w radiu mówili, że to była eksplozja. Nic nie mówili o bombie.

– Nie złożyliśmy jeszcze oświadczenia dla prasy.

– Po jaką cholerę ktoś podkładałby bombę w kościele?

– Też chcemy się tego dowiedzieć. Gdyby ślub się odbył, zginęłyby dziesiątki ludzi. Nina powiedziała mi, że to pan go odwołał. Dlaczego?

– Nie mogłem. – Robert ukrył twarz w dłoniach. – Nie jestem gotowy na małżeństwo.

– A więc pana powody były czysto osobiste?

– A jakie mogły być?

Nagle na twarzy Roberta odmalował się wyraz zrozumienia.

– O Boże, chyba pan nie uważa, że mam z tą bombą coś wspólnego?

– Owszem, przeszło mi to przez myśl. Proszę wziąć pod uwagę okoliczności. Odwołał pan ślub, po czym wyjechał pan z miasta. Oczywiście, że zastanawialiśmy się nad pańskimi motywami. Może panu grożono i zdecydował się pan uciec.

– Nie. Odwołałem ślub, bo nie chciałem się żenić.

– Może mi pan powiedzieć dlaczego?

– Nie, nie mogę.

Zerwał się z krzesła i podszedł do baru. Nalał sobie whisky i wypił jednym haustem, nie patrząc na Sama.

– Poznałem pana narzeczoną. To miła kobieta. Bystra i atrakcyjna.

Przynajmniej dla niego cholernie atrakcyjna.

– Pyta pan, dlaczego zostawiłem ją przed ołtarzem?

– Tak. Dlaczego?

Robert dokończył drinka i nalał sobie następnego.

– Pokłóciliście się?

– Nie.

– Co to było, doktorze? Przestraszył się pan? Znudziła się panu? A może jest inna kobieta?

Robert popatrzył na niego spod przymrużonych powiek.

– To nie pana interes, do cholery. Wynoś się pan stąd.

– Skoro pan nalega. Ale jeszcze porozmawiamy.

Sam podszedł do drzwi frontowych i zatrzymał się.

– Czy zna pan kogoś, kto chciałby zabić pańską narzeczoną?

– Nie, co za głupie pytanie.

– Dziś po południu ktoś usiłował zepchnąć jej samochód z drogi.

Robert wzdrygnął się. Był naprawdę zaskoczony.

– Ninę? Kto?

– Tego właśnie chcę się dowiedzieć. To może mieć związek z eksplozją. Kto może chcieć jej śmierci?

Po wahaniu trwającym może ułamek sekundy Robert odpowiedział:

– Nie wiem. Nie znam nikogo takiego. A gdzie ona jest?

– W bezpiecznym miejscu. Ale nie może się wiecznie ukrywać. Więc jeżeli coś się panu przypomni, proszę do mnie zadzwonić. Jeżeli panu jeszcze na niej zależy.

Robert milczał.

Sam odwrócił się na pięcie i wyszedł. Jadąc do domu, zadzwonił z samochodu do Gillisa. Jego partner, jak można było przypuszczać, siedział jeszcze przy biurku.

– Pan młody wrócił – powiedział Sam. – Twierdzi, że nie ma pojęcia, dlaczego w kościele była bomba.

– Ciekawe, dlaczego mnie to nie dziwi?

– Coś nowego?

– Tak. Dozorca zniknął.

– Co?

– Otwierał dziś rano kościół. Cały wieczór próbowaliśmy go odnaleźć. Nie dotarł do domu.

Sam poczuł, jak mu przyspiesza puls.

– Ciekawe.

– Ogłosiliśmy już, że jest poszukiwany. Nazywa się Jimmy Brogan. Notowany. Drobne kradzieże cztery lata temu, dwa razy jazda pod wpływem alkoholu. Nic poważniejszego. Wysłałem Cooleya, żeby pogadał z jego żoną i przeszukał dom.

– Czy Brogan ma jakieś doświadczenie z materiałami wybuchowymi?

– Tego jeszcze nie ustaliliśmy. Żona przysięga na wszystkie świętości, że jest czysty. I że zawsze wraca do domu na kolację.

– To mało, Gillis. Daj mi więcej.

– Nie mam nic więcej. Mam sobie wypruć żyły? Jestem wykończony, idę do domu.

– Dobrze, kończ. Widzimy się rano.

Jadąc do domu, Sam analizował fakty. Odwołany ślub. Znikający dozorca. Zabójca w czarnym fordzie. I bomba.

I co w tym wszystkim robi Nina Cormier?

Było już wpół do dwunastej, kiedy dotarł w końcu do siebie. Kiedy zapalił światło, przywitał go swojski bałagan. Co za śmietnik! W końcu kiedyś musi tu posprzątać. A może lepiej się przeprowadzić; to byłoby łatwiejsze.

Przeszedł przez pokój, zbierając brudne ubrania i talerze. Włączył pralkę, a naczynia wstawił do zlewu. Sobotnia noc, a kawaler robi pranie. Hurra! Postał trochę w kuchni, słuchając pralki i zastanawiając się, co mógłby zrobić, by to mieszkanie stało się prawdziwym domem. Może meble? Jego dom był fajny, przyzwoity, ale porównywał go ciągle z domem Roberta Bledsoe. Fortepian Steinwaya. To dopiero dom! Spodobałby się każdej kobiecie.

Do cholery, nie wiedziałby, jak zająć się kobietą, nawet gdyby jakaś zupełnie zwariowała i z nim zamieszkała. Długo był singlem, za długo. Oczywiście miewał dziewczyny, ale nie na stałe. Musiał przyznać, że bardzo często wina była po jego stronie. No i ta jego praca. Nie mogły zrozumieć, dlaczego facet przy zdrowych zmysłach wybrał sobie bomby i bombiarzy. To była dla nich osobista obelga, że nie chciał porzucić swego niebezpiecznego zajęcia i w zamian zająć się nimi.

A może nie spotkał nigdy kobiety, która sprawiłaby, że chciałby to wszystko rzucić. I taki jest rezultat, pomyślał, patrząc na kosz z bielizną. Kawalerskie życie.

Niech pralka skończy, idę spać.

Jak zwykle sam.

W domu przy 318 Ocean View Drive zapaliły się światła. Ktoś tam jest. Ta cała Cormier? Robert Bledsoe? Oboje?

Przejeżdżając obok zielonym dżipem cherokee, przyjrzał się domowi. Odnotował w myślach gęsty żywopłot wzdłuż okien, cień sosen i brzózek odgraniczających posesję z obu stron. Dużo miejsc do ukrycia się.

W samochodzie zaparkowanym niedaleko domu zauważył dwie sylwetki mężczyzn. Policja, pomyślał. Obserwują. A więc nie dzisiaj.

Skręcił i pojechał dalej. To może zaczekać. Trzeba tylko posprzątać, dopilnować szczegółów. Można to zrobić w wolnej chwili. Teraz są ważniejsze sprawy. I ma na nie tylko tydzień. Skierował się w stronę miasta.

O dziewiątej rano strażnicy przyszli po Billy'ego „Bałwana" Binforda, by eskortować go z więziennej celi.

Jego adwokat, Albert Darien, już czekał. Przez oddzielającą ich szybę z pleksiglasu Billy widział ponurą minę Dariena i zorientował się, że wiadomości nie są dobre. Usiadł naprzeciwko swego obrońcy. Strażnik nie stał na tyle blisko, by słyszeć ich rozmowę, ale Billy był wystarczająco sprytny, by wiedzieć, że nie może mówić swobodnie. Całe to zawracanie głowy na temat tajności rozmów pomiędzy adwokatem a klientem to kupa gówna. Jeżeli federalnym albo prokuratorowi okręgowemu zależy, mogą przykleić podsłuch każdemu, nawet księdzu. Skandal, takie pogwałcenie praw obywatelskich.

– Cześć, Billy – rzekł Darien do słuchawki. – Dobrze cię traktują?

– Owszem, jak hrabiego. A jak myślisz, do cholery? Musisz mi coś załatwić, Darien. Telewizor. Chcę mieć własny telewizor.

– Billy, są problemy.

Billy'emu nie podobał się ton głosu Dariena.

– Jakie problemy?

– Liddell nie chce ugody. Chce procesu. Każdy inny prokurator okręgowy zaoszczędziłby sobie kłopotu, ale Liddell chce chyba użyć twojej sprawy jako przepustki do Blaine House.

– Liddell kandyduje na gubernatora?

– Jeszcze tego nie ogłosił. Ale jeśli wsadzi cię do pudła, zostanie złotowłosym ulubieńcem wyborców. A prawdę mówiąc, Billy, ma na ciebie dosyć, żeby cię uziemić.

Billy pochylił się do przodu i piorunującym wzrokiem przeszył pleksiglas oddzielający go od obrońcy.

– Za co ci płacę? Co robisz w tej sytuacji?

– Mają dużo. Hobart zeznaje jako świadek oskarżenia.

– Hobart to dupek. Podważenie jego zeznań to małe piwo.

– Mają twoje listy przewozowe. Wszystko jest na papierze, Billy.

– No to spróbujmy jeszcze raz załatwić ugodę. Cokolwiek. Muszę stąd wyjść.

– Powiedziałem ci, Liddell odrzucił ugodę.

Billy zamilkł, a potem powiedział cicho:

– Liddella można załatwić.

Dariena zamurowało.

– Co chcesz przez to powiedzieć?

– Załatw ugodę. O Liddella się nie martw. Zajmę się...

– Nie chcę o niczym wiedzieć. – Darien odsunął się, ręce mu drżały. – Nie chcę mieć z tym nic wspólnego, jasne?

– I nie musisz. To moja działka.

– W nic mnie nie wrabiaj.

– Chcę tylko, żebyś nie dopuścił do procesu. I wyciągnij mnie stąd jak najszybciej. Kumasz?

– Tak. Tak. – Darien nerwowo spojrzał na strażnika, który nie zwracał uwagi na ich rozmowę. – Spróbuję.

– Uważaj – dodał Billy. Bezczelny uśmiech rozlał mu się na twarzy. – W przyszłym tygodniu coś się zmieni. W biurze prokuratora będą szczęśliwi, że chcemy ugody.

– Dlaczego? Co się stanie w przyszłym tygodniu?

– Nie chcesz tego wiedzieć.

Darien ciężko wypuścił powietrze i skinął głową.

– Masz rację. Nie chcę wiedzieć.

Ninę obudziło dudnienie basów muzyczki do aerobiku. Znalazła Daniellę na dole, rozciągniętą na wypolerowanej dębowej posadzce siłowni. Tego ranka Daniella ubrana była w błyszczący różowy strój. Jej szczupłe nogi bez wysiłku przecinały powietrze w rytm muzyki. Nina stała zafascynowana widokiem naprężonych mięśni.

Daniella ciężko pracowała na swój wygląd. Było to właściwie jej jedyne zajęcie. Odkąd poślubiła George'a Cormiera, jej jedynym celem w życiu była walka o doskonałość swego ciała.

Muzyka ucichła. Daniella zerwała się na nogi, sięgnęła po ręcznik i zauważyła stojącą w drzwiach Ninę.

– O, dzień dobry.

– Dzień dobry – odrzekła Nina. – Chyba zaspałam. Czy tata pojechał już do pracy?

– Wiesz, jaki on jest. Lubi wstawać o świcie.

Daniela wytarła ręcznikiem delikatną warstwę potu. Zapadła krępująca cisza. Zawsze tak było. I nie tylko z powodu niezręczności ich relacji, tych przedziwnych okoliczności, które sprawiły, że ta blond bogini stała się macochą Niny. Poza tym, że były związane osobą George'a Cormiera, te dwie kobiety nie miały z sobą nic wspólnego.

I nigdy dotąd ta świadomość nie była dla Niny bardziej dojmująca niż teraz, kiedy wpatrywała się w doskonałą twarz tej doskonałej blondynki.

Daniella wsiadła na rower treningowy i zaczęła pedałować.

– George miał jakieś posiedzenie rady nadzorczej. Wróci na kolację. Aha, i miałaś rano dwa telefony. Jeden od tego policjanta. No wiesz, tego przystojniaczka.

– Detektywa Navarro?

– Tak, chciał sprawdzić, co u ciebie.

A więc martwi się o mnie, pomyślała Nina i zaraz poczuła się lepiej. Zależy mu na tyle, by sprawdzić, czy żyje i jak się czuje. A może po prostu chciał wiedzieć, czy nie ma następnego trupa. Tak, chyba dlatego dzwonił.

Znowu poczuła się paskudnie i już miała wyjść, ale zatrzymała się.

– A ten drugi telefon? Mówiłaś, że były dwa?

– Ach tak. – Daniella, ciągle pedałując, spojrzała niewinnie znad kierownicy. – Drugi telefon był od Roberta.

Nina zamarła zszokowana.

– Robert dzwonił?

– Chciał się dowiedzieć, czy cię tu nie ma.

– Gdzie on jest?

– W domu.

Nina potrząsnęła głową z niedowierzaniem.

– Mogłaś mi powiedzieć o tym wcześniej.

– Spałaś. Nie chciałam cię budzić. Zresztą powiedział, że zadzwoni później.

Nie będę czekać na później. Chcę odpowiedzi teraz. I niech powie mi w twarz, pomyślała i z bijącym sercem wyszła z domu. Wzięła mercedesa ojca i pojechała na Ocean View Drive. Nie zorientuje się, ma jeszcze w garażu zapasowego jaguara i bmw.

Zanim zatrzymała się na podjeździe przed domem Roberta, trzęsła się już ze złości i strachu. Co, u licha, ma mu powiedzieć? A co on powie jej?

Weszła na ganek i zadzwoniła. Nie miała swoich kluczy. Zostały u Navarry. A zresztą nie jest to już jej dom.

Drzwi otworzyły się szeroko i stanął w nich zdziwiony Robert. Miał na sobie szorty do biegania i koszulkę. Jego twarz była zdrowo zarumieniona od wysiłku fizycznego. Nie był to obraz mężczyzny stęsknionego za narzeczoną.

– Ach, to ty, Nino. Martwiłem się... o ciebie.

– Jakoś trudno mi w to uwierzyć.

– Dzwoniłem nawet do domu twojego ojca.

– Co się stało, Robercie? Dlaczego mnie zostawiłeś?

Spojrzał w bok.

– Nie jest łatwo to wyjaśnić

– Mnie też nie było łatwo powiedzieć gościom, żeby poszli do domu. Nie wiedząc, dlaczego wszystko się rozleciało. Powinieneś był mnie uprzedzić. Tydzień wcześniej. Dzień wcześniej. A zostawiłeś mnie w kościele, z tym cholernym bukietem! Żebym myślała, że to moja wina. Że zrobiłam coś złego.

– To nie twoja wina.

– A czyja?

Patrzył w bok, jakby nie chciał spojrzeć jej w oczy. Jakby się czegoś bał i dlatego milczał.

– Mieszkaliśmy razem przez cały rok – powiedziała ze smutkiem. – A ja nie mam pojęcia, kim naprawdę jesteś.

Tłumiąc płacz, odepchnęła go, weszła do domu i skierowała się prosto do sypialni.

– Co robisz? – zawołał.

– Pakuję resztę rzeczy. I wynoszę się z twojego życia.

– Nina, zachowujmy się jak dorośli. Próbowaliśmy. Nie wypaliło. Czy nie możemy rozstać się jak przyjaciele?

– A co, jesteśmy przyjaciółmi?

– Chciałbym tak myśleć.

Potrząsnęła głową i roześmiała się gorzko.

– Przyjaciel nie wbije ci noża w plecy, a potem jeszcze go przekręci.

Zaczęła otwierać szafy w sypialni i wyrzucać ubrania na łóżko. Nie zależało jej na porządku, chciała tylko wyrwać się z tego domu jak najszybciej i nigdy go już nie widzieć. Roberta też. Jeszcze przed chwilą myślała, że mogą uratować związek, pozbierać kawałki i poskładać jakoś swoje wspólne życie.

Teraz uznała, że to niemożliwe. Już go nie chce. Nie wiedziała nawet, co ją w nim pociągało. Jego wygląd, fakt, że był lekarzem – to wszystko jest bardzo miłe, ale nie tak ważne. Nie, to co widziała w Robercie, lub wyobrażała sobie, że widzi – to była inteligencja, poczucie humoru i troskliwość. Zaprezentował jej te walory. Co za oszustwo!

Robert obserwował ją z miną zranionej, szlachetnej ofiary. Jak gdyby to wszystko było jej winą. Nie zwracając na niego uwagi, wyciągnęła z szafy następną porcję wieszaków i rzuciła na łóżko. Stos był już tak wysoki, że zaczął się przechylać.

– Czy musisz to robić właśnie teraz?

– Tak.

– Nie ma tylu walizek.

– Wezmę worki na śmieci. Muszę zabrać książki.

– Dzisiaj? Masz ich tony!

– W tym tygodniu mam kupę czasu. Przecież to mój miodowy miesiąc.

– Jesteś niepoważna. Posłuchaj, wiem, że jesteś wściekła. Masz do tego prawo. Ale nie szalej.

– Będę szaleć, kiedy mam na to ochotę!

Odgłos chrząknięcia sprawił, że zaskoczeni odwrócili się oboje. W drzwiach sypialni stał Sam Navarro i patrzył na nich z rozbawieniem.

– Czy wy, gliniarze, nigdy nie pukacie? – warknął Robert.

– Pukałem – odparł Sam – ale nikt nie odpowiadał. A drzwi frontowe były szeroko otwarte.

– Narusza pan moje prawa, znowu wchodzi pan na moją posesję bez nakazu.

– On nie potrzebuje nakazu – wtrąciła Nina.

– Według prawa potrzebuje.

– Nie, jeżeli ja go zapraszam.

– Nie zapraszałaś go. Wszedł sam.

– Drzwi były otwarte. Zaniepokoiłem się. – Spojrzał na Ninę. – To nie było bardzo mądre, panno Cormier, przyjechać tutaj zupełnie samej. Powinna była pani mnie uprzedzić.

– A co to, jestem pana więźniem? – odparowała i wyjęła z szafy następny stos ubrań. – A jak pan mnie znalazł?

– Zadzwoniłem do Danielli tuż po pani wyjściu. Powiedziała, że pewnie pani jest tutaj.

– No i jestem. Tyle że zajęta.

– Tak – odrzekł Robert. – W tym jest dobra.

Nina obróciła się i stanęła twarzą do eksnarzeczonego.

– A to co miało znaczyć?

– To nie tylko moja wina! Do zrujnowania związku potrzeba dwojga ludzi.

– Ja cię nie zostawiłam w kościele!

– Zostawiałaś mnie inaczej. W domu, wieczorami, całymi miesiącami.

– Co? Co?

– Co wieczór byłem sam! Cieszyłbym się, gdybym mógł wracać do ciepłego domu, gdzie czekałabyś na mnie z kolacją. Ale ciebie nigdy nie było!

– Miałam dyżury. Nie mogłam tego zmienić!

– Mogłaś rzucić pracę.

– I co robić? Bawić się w panią domu dla faceta, który nie mógł się nawet zdecydować, czy chce się ze mną ożenić?

– Gdybyś mnie kochała, zrobiłabyś to.

– O Boże, nie wierzę, że według ciebie to moja wina. Za mało cię kochałam!

– Nina, muszę z panią porozmawiać – wtrącił Sam.

– Nie teraz! – Nina i Robert wrzasnęli zgodnym chórem.

– Powinnaś wiedzieć, że miałem swoje powody, żeby to zrobić. Ile można mieć cierpliwości? A potem jest naturalne, że facet zaczyna się rozglądać wokół siebie.

– Rozglądać? – Wlepiła w niego wzrok, jakby nagle coś do niej dotarło, i dodała cicho: – A więc jest inna.

– A co myślisz?

– Znam ją?

– To teraz nie ma żadnego znaczenia.

– Dla mnie ma. Kiedy ją poznałeś?

– Jakiś czas temu. – Odwrócił wzrok.

– Kiedy?

– Posłuchaj, to nie ma teraz...

– Planowaliśmy ten ślub przez ostatnie sześć miesięcy. Obydwoje. I nigdy nie zadałeś sobie trudu, żeby poinformować mnie, że spotykasz się z inną kobietą?

– To oczywiste, że nie myślisz teraz rozsądnie. Więc nie rozmawiajmy na ten temat.

– Nie? Myślę rozsądniej niż pół roku temu.

Odpowiedziało jej trzaśnięcie drzwiami.

Inna kobieta, pomyślała, nie wiedziałam. Nigdy go nawet o to nie podejrzewała. Zrobiło jej się nagle niedobrze i osunęła się na łóżko. Sterta ciuchów zjechała na podłogę, ale nawet tego nie zauważyła. Ani nie zdawała sobie sprawy, że łzy spływają jej po policzkach i kapią na bluzkę. Czuła mdłości i jednocześnie obojętność na wszystko, poza jej własnym bólem. Nawet się nie zorientowała, że Sam usiadł obok.

– Nino, on nie jest tego wart. Nie martw się nim.

Dopiero kiedy poczuła ciepły dotyk jego ręki, spojrzała w jego stronę i zobaczyła, jak wpatruje się w jej twarz.

– Nie martwię się – powiedziała.

Delikatnie pogładził ją po mokrym od łez policzku.

– Oj, chyba tak.

– Nie, nie. – Oparła się o niego i ukryła twarz w jego koszuli. – Nie martwię się – wyszeptała.

Prawie nie poczuła, kiedy oplótł ją ramionami i przytulił. Potem trzymał ją mocno, nic nie mówiąc. Jak zwykle, małomówny glina. Ale była świadoma jego oddechu grzejącego jej włosy, warg muskających czubek głowy i przyspieszonego bicia serca. To nic nie znaczy, pomyślała. Po prostu jest dla niej miły. Pocieszał ją, tak jak pocieszałby każdego skrzywdzonego człowieka. Ona robi to codziennie w szpitalu. To jest jej praca. I jego praca. Ach, ale to takie miłe.

Całą siłą woli wydostała się z jego uścisku. Kiedy podniosła wzrok, zobaczyła spokojną twarz i nieprzeniknione oczy. Żadnej pasji czy pożądania. Oficer policji, w pełni kontrolujący swe uczucia. Szybko otarła łzy. Czuła się teraz zażenowana tym, że był świadkiem jej konfrontacji z Robertem. Wstała i zaczęła zbierać rzeczy.

– Chcesz o tym porozmawiać? – zapytał.

– Nie.

– Chyba powinnaś. Mężczyzna, którego kochałaś, porzuca cię dla innej. To musi boleć.

– Dobrze, muszę z kimś o tym porozmawiać! – Rzuciła stos ubrań na łóżko i popatrzyła mu w oczy: – Ale nie z gliniarzem o kamiennej twarzy, którego to nic nie obchodzi!

Zapadła długa cisza. Chociaż patrzył na nią bez cienia emocji, wyczuła, że to był ostry cios. A on był zbyt dumny, by się do tego przyznać.

– Przepraszam. O Boże, Navarro, przepraszam cię. Nie zasłużyłeś na to.

– Właściwie to chyba zasłużyłem.

– Wykonujesz swoją pracę. A ja napadam na ciebie.

Kompletnie zdegustowana usiadła obok niego.

– Wyładowałam się na tobie. Jestem wściekła. Jestem wściekła na siebie, że obudził we mnie poczucie winy.

– Jakie poczucie winy?

– To zupełne wariactwo! Nie rozumiem, dlaczego to ja mam się czuć winna! Wygląda, jakbym go zaniedbywała. Ale nie mogłam rzucić pracy, nawet dla niego. Kocham swój zawód.

– Jest lekarzem. Też musiał dużo pracować. Nocne dyżury, weekendy.

– To prawda.

– Narzekałaś?

– Oczywiście, że nie. To jego praca.

– No i...?

– Och! – westchnęła. – Co za hipokryzja.

– No pewnie. Ja bym się nie spodziewał, że moja żona rzuci pracę, którą lubi, żeby gotować mi kolacje i co wieczór na mnie czekać.

– Naprawdę?

– To nie miłość. To posiadanie.

– Myślę, że twoja żona jest bardzo szczęśliwą kobietą.

– Mówiłem tylko teoretycznie.

– Chcesz powiedzieć, że... to tylko teoretyczna żona?

Potwierdził skinieniem głowy.

A więc nie jest żonaty. Ta informacja nieoczekiwanie ją ucieszyła. Co się z nią dzieje? Uciekła szybko wzrokiem w bok, bo przestraszyła się, że Sam zobaczy jej zmieszanie.

– Powiedziałeś, że... no... że musisz ze mną pogadać.

– Tak, w sprawie śledztwa.

– To musi być coś naprawdę ważnego, skoro zadałeś sobie tyle trudu, żeby mnie odszukać.

– Obawiam się, że jest coś nowego. Niezbyt przyjemnego.

– Coś się stało? – Zamarła.

– Powiedz mi, co wiesz o dozorcy.

Zdumiona, potrząsnęła głową.

– Nie znam go. Nawet nie znam jego nazwiska.

– Nazywał się Jimmy Brogan. Wczoraj przez cały wieczór go szukaliśmy. Wiemy, że rano otwierał drzwi. Ale nie wiemy, co się z nim stało po eksplozji. Nie pokazał się w sąsiednim barze, gdzie zwykle chodzi po południu.

– Powiedziałeś „nazywał się". Czy to oznacza...

– Dziś rano znaleźliśmy jego ciało. W samochodzie zaparkowanym w polu, koło Scarborough. Zginął od kuli. Strzał w głowę. Broń była w samochodzie, z jego odciskami palców.

– Samobójstwo? – zapytała cicho.

– Tak to wygląda.

Siedziała bez słowa, zbyt zszokowana, by się odezwać.

– Jeszcze czekamy na raport z laboratorium kryminalistycznego. Jest kilka szczegółów, które mnie niepokoją. To zbyt proste. Jak paczuszka. Każdy luźny wątek sprawy jest zawiązany na kokardkę.

– Nawet wątek podłożonego ładunku?

– Tak. W bagażniku było kilka przedmiotów łączących Brogana z bombą. Lont. Zielona taśma izolacyjna. Dowody są zbyt oczywiste.

– I nie jesteś przekonany...

– Chodzi o to, że nie ma żadnego śladu związku Brogana z materiałami wybuchowymi. Nie ma też motywu. Czy możesz nam jakoś pomóc?

– Nic nie wiem o tym człowieku.

– Czy znasz nazwisko „Brogan" ?

– Nie.

– Ale on znał twoje. W jego wozie był kawałek papieru z twoim adresem.

Jego twarz była nieprzenikniona. Przeraziło ją, jak mało mogła wyczytać w jego oczach. Jak głęboko skrywa się człowiek w tym policjancie.

– Po co był mu mój adres?

– Musisz mieć z nim coś wspólnego.

– Nie znam nikogo o nazwisku Brogan.

– To dlaczego chciał cię zabić? Zepchnąć z drogi?

– Skąd wiesz, że to był on?

– Samochód. Ten, w którym znaleźliśmy jego ciało.

– Czarny?

– Tak. To był czarny ford.

ROZDZIAŁ PIĄTY

Sam zawiózł ją do kostnicy. Nie odzywali się do siebie. Nie chciał wprowadzać jej w szczegóły, a ona też tego nie pragnęła. Przez całą drogę zastanawiała się, kim był Jimmy Brogan i dlaczego chciał ją zabić. W kostnicy Sam trzymał ją za ramię, aż dotarli do chłodni. Był cały czas przy niej, kiedy pracownik podprowadził ich do szuflad. Kiedy wysunął jedną z nich, wzdrygnęła się nieświadomie. Sam podtrzymał ją, bo wiedział, że widok będzie straszny.

– Nie wygląda dobrze – ostrzegł pracownik kostnicy. – Jest pani gotowa?

Nina kiwnęła głową. Mężczyzna odsunął prześcieradło i cofnął się o krok. Jako pielęgniarka na oddziale ratunkowym widziała sporo, ale ten widok przebił wszystko. Popatrzyła na to, co zostało z twarzy mężczyzny, i szybko się odwróciła.

– Nie znam go – wyszeptała.

– Jesteś pewna?

Ponownie kiwnęła głową i nagle poczuła, że chwieje się na nogach. Sam wyprowadził ją i posadził w biurze koronera z kubkiem gorącej herbaty, a sam zadzwonił do swojego partnera. Nie słuchała ich rozmowy, zarejestrowała tylko jego neutralny głos, niezdradzający okropności, jakiej był świadkiem.

– Nie rozpoznaje go. Nazwiska też nie. Jesteś pewien, że nie używał innego?

Nina grzała dłonie o kubek z herbatą, ale jej nie piła. Jeszcze odczuwała mdłości. Na biurku, obok którego siedziała, leżały akta Jimmy'ego Brogana, otwarte na danych osobowych. Większość tego, co widziała, nie wywoływało w niej żadnych wspomnień. Ani jego adres, ani nazwisko panieńskie żony. Tylko nazwa pracodawcy nie była jej obca: kościół Dobrego Pasterza. Zastanowiła się, czy powiadomiono ojca Sullivana, a w ogóle to jak on się czuje? To był kolejny szok dla starszego już człowieka. Najpierw bomba w kościele, teraz śmierć dozorcy. Powinna go dziś odwiedzić i upewnić się, że wszystko jest w porządku...

– Dzięki, Gillis. Wrócę o trzeciej. W porządku, organizuj to.

Sam odłożył słuchawkę i zwrócił się do niej.

– Co jest? W porządku?

– Tak, oczywiście. – Wzdrygnęła się.

– Nie wyglądasz za dobrze. Musisz odpocząć. Chodź, czas na lunch. Niedaleko stąd jest kafejka.

– Możesz teraz myśleć o lunchu?

– To dla mnie punkt honoru, żeby nigdy nie przegapić okazji do posiłku. A może wolisz, żebym zabrał cię do domu?

– Obojętne gdzie – powiedziała, wstając – byle nie tu.

Nina grzebała z roztargnieniem w sałacie, podczas gdy Sam pożerał hamburgera.

– Nie wiem, jak to robisz – powiedziała. – Jak możesz iść prosto z kostnicy na lunch?

– Konieczność. – Wzruszył ramionami. – W tym zawodzie można bardzo łatwo schudnąć.

– Jako policjant musisz oglądać okropne rzeczy.

– Jesteś pielęgniarką. Myślę, że też już co nieco widziałaś.

– Tak, ale na ogół przyjeżdżają do nas jeszcze żywi.

Wytarł ręce w serwetkę i odsunął pusty talerz.

– To prawda. Jeżeli to bomba, to kiedy już dotrę na miejsce, rzadko zdarza mi się widzieć żywych.

– Jak możesz z tym żyć? Jak można mieć taką pracę?

– To wyzwanie.

– No, Navarro. Jak z tym sobie radzisz?

– Mam na imię Sam, dobrze? Jak sobie radzę? Tu raczej chodzi o to, dlaczego sobie radzę. To nie tylko wyzwanie. Ludzie, którzy podkładają bomby, to specjalny rodzaj kryminalistów. To nie jest facet, który zrobi napad na sklep z gorzałą. Bombiarze są cwańsi. Niektórzy są geniuszami. Ale to tchórze. Zabijają na odległość. I dlatego są tak niebezpieczni. A moja praca jest tym bardziej satysfakcjonująca. Jeżeli ich złapię.

– A więc praca sprawia ci przyjemność.

– Przyjemność nie jest tu właściwym słowem. To raczej polega na tym, że nie mogę odłożyć układanki. Patrzę na kawałki i obracam je w palcach. Próbuję rozszyfrować umysł osoby, która to robi. Może dlatego jestem takim potworem. Że próbuję połączyć te kawałki. Tylko tyle.

– A może to znaczy, że jesteś wyjątkowym gliną.

Roześmiał się.

– Albo to, albo mam takiego samego fioła jak bombiarze.

Spojrzała na niego i nagle zdziwiło ją, dlaczego kiedyś jego oczy wydały się jej takie zimne. Trochę śmiechu i Sam Navarro zmieniał się w normalnego człowieka. I to bardzo atrakcyjnego.

Nie pozwolę, żeby to się stało, pomyślała z nagłą determinacją. To będzie duży błąd, z ramion Roberta prosto w ramiona gliny. Zmusiła się, by spojrzeć w bok, a nie na jego twarz, i w końcu popatrzyła na jego ręce. Długie, opalone palce.

– Jeżeli to Brogan podłożył bombę, nie musimy już się o nic martwić.

– Jeżeli.

– Ale dowody są mocne. Nie jesteś przekonany?

– Nie potrafię tego wytłumaczyć. To jakiś instynkt. Mam przeczucie... Dlatego musisz być jeszcze ostrożna.

Zobaczyła, że już się nie uśmiecha. Powrócił glina.

– Uważasz, że to jeszcze nie koniec – powiedziała.

– Tak. Tak uważam.

Sam odwiózł Ninę na Ocean View Drive, pomógł załadować do mercedesa książki i ciuchy. Upewnił się, że jest bezpieczna w drodze do domu swojego ojca. Potem wrócił na posterunek. Mieli odprawę o trzeciej. Sam, Gillis, Takeda z laboratorium kryminalistycznego i trzeci detektyw z oddziału specjalnego, Francis Cooley.

Wszyscy wyłożyli swoje kawałki układanki.

Cooley odezwał się pierwszy:

– Wielokrotnie sprawdzałem Jimmy'ego Brogana. Nie używał pseudonimu. To jego prawdziwe nazwisko. Czterdzieści pięć lat, urodzony i wychowany w South Portland, notowany za drobne wykroczenia. Żonaty od dziesięciu lat, bezdzietny. Zatrudniony przez ojca Sullivana osiem lat temu. Pracował jako dozorca i złota rączka w kościele. Żadnych problemów, poza tym, że kilka razy się spóźnił albo przyszedł na kacu. Nie służył w wojsku, wykształcenie średnie. Żona mówi, że był dyslektykiem. Nie wierzę, że taki facet potrafił złożyć bombę.

– Czy pani Brogan wie, dlaczego miał w samochodzie adres Niny? – zapytał Sam.

– Nie, nigdy nie słyszała jej nazwiska. Powiedziała, że to nie jest pismo jej męża.

– Jakieś kłopoty małżeńskie?

– Szczęśliwi jak gołąbki, z tego co mówiła. Jest zrozpaczona.

– A więc mamy szczęśliwego w małżeństwie, niewykształconego i dyslektycznego dozorcę w charakterze głównego podejrzanego?

– Obawiam się, że tak, Navarro.

Sam potrząsnął głową.

– Jest coraz gorzej. – Popatrzył na Takedę. – Ernie, daj nam coś.

Takeda, jak zwykłe zdenerwowany, odchrząknął.

– Nie spodoba się wam to, co powiem.

– Wal.

– Dobra. Pierwsze, broń znaleziona w wozie została skradziona rok temu w Miami, legalnemu posiadaczowi. Nie wiemy, jak znalazła się w posiadaniu Brogana. Żona twierdzi, że nie znał się zupełnie na broni. Druga rzecz, to samochód Brogana spychał z drogi hondę panny Cormier. Odpryski farby pasują, w obie strony. Trzecia, przedmioty w bagażniku pasują do użytych w ładunku podłożonym w kościele. Dwucalowa zielona taśma izolacyjna. Identyczny lont.

– To znak rozpoznawczy Vincenta Spectre'a – zauważył Gillis. – Zielona taśma izolacyjna.

– Oznacza to zapewne, że mamy do czynienia z uczniem Vincenta. I jeszcze coś się wam nie spodoba. Właśnie dostaliśmy wstępny raport od koronera. Na zwłokach nie ma śladów prochu. Nie należy wyciągać jednoznacznych wniosków, bo proch daje się łatwo zetrzeć z rąk. Ale jest to argument przeciwko hipotezie samobójstwa. Ważniejszy jednak jest uraz czaszki.

– Co? – zawołali Sam i Gillis jednocześnie.

– Wgłębiony uraz czaszki, prawa kość ciemieniowa. Z powodu głębokiej i rozległej rany od kuli nie od razu został zauważony, ale wykazało go prześwietlenie. Jimmy'ego Brogana uderzono w głowę, zanim oddano do niego strzał.

W pokoju zapadła cisza na dobre dziesięć sekund. Potem odezwał się Gillis:

— A ja już prawie to kupiłem. W całości.

— Dobry jest — mruknął Sam — ale nie do końca.

— Popatrzył na Cooleya. — Chcę wiedzieć więcej o Broganie. Chcę, żebyście ty i twoi ludzie odszukali nazwiska wszystkich jego kolesi, wszystkich znajomych. Porozmawiajcie z nimi. Wygląda na to, że nasz dozorca wpadł w złe towarzystwo. Może ktoś coś wie, może ktoś coś widział.

— A nie sprawdzą tego faceci z Wydziału Zabójstw?

— Sprawdźmy i my. Mogą coś przegapić. I bez żadnych kłótni o to, czyja to sprawa, dobrze? Nie chcemy im odbierać zasług. Chcemy tylko bombiarza.

Cooley westchnął i wstał.

— No to z powrotem do wdówki Brogan.

— Gillis — powiedział Sam — muszę porozmawiać ze świadkami. Sprawdź, czy nie mają związków z Broganem. Albo czy go rozpoznają ze zdjęcia. Wracam do szpitala, żeby pogadać z ojcem Sullivanem. I z doktorem Bledsoe.

— A co z panną młodą?

— Przycisnąłem ją dwa razy, ale nic o nim nie wie.

— Wygląda na to, że właśnie ona jest w centrum tych wypadków.

— Wiem, i nie ma zielonego pojęcia dlaczego. Ale może jej były narzeczony coś nam powie.

Wstali i rozeszli się do swoich zadań. Znalezienie bombiarza musi być pracą zespołową i chociaż Sam miał dobrych fachowców, to jednak było ich za mało. Po śmierci niedoświadczonego policjanta do akcji wkroczył Wydział Zabójstw, co odebrało im znaczne siły i środki. Dla nich Wydział ds. Bomb był tylko garstką techników, których wzywali, gdy nie chcieli, by wybuch urwał im łeb.

Chłopcy z Zabójstw byli cwani.

Ale chłopcy od bomb jeszcze cwańsi.

I dlatego Navarro sam pojechał do Centrum Medycznego Maine, by jeszcze raz przesłuchać ojca Sullivana. Ostatnia informacja o przyczynie śmierci Brogana zrodziła kilka nowych pytań. Może Brogan jest niewinną ofiarą. Może był świadkiem czegoś, o czym powiedział pastorowi.

W szpitalu okazało się, że ojciec Sullivan został przeniesiony z oddziału intensywnej opieki medycznej do zwykłej sali. Atak serca wykluczono.

Zastał Sullivana siedzącego w łóżku i wyglądającego ponuro. Miał gościa – był to Yeats z Wydziału Zabójstw. Nie należał do ulubieńców Sama.

– Cześć, Navarro – rzekł Yeats zaczepnym tonem. – Wyluzuj. Już się tym zajęliśmy.

– Chciałbym porozmawiać z ojcem Sullivanem.

– Rób, co chcesz. – Yeats skierował się do drzwi.

Sam zwrócił się do starszego mężczyzny, który miał dość nieszczęśliwą minę, kiedy zobaczył następnego policjanta.

– Przepraszam, ojcze – zaczął Sam – ale obawiam się, że muszę zadać jeszcze kilka pytań.

Pastor westchnął, na jego pomarszczonej twarzy odmalowało się wyraźne zmęczenie.

– Nie mogę panu powiedzieć nic ponad to, co już powiedziałem.

– Czy poinformowano pana o śmierci Brogana?

– Tak. Nawet dokładniej niż trzeba.

Sam usiadł na krzesełku. Pastor wyglądał dziś lepiej, ale ciągle był słaby. Wydarzenia ostatniej doby musiały być porażające. Najpierw zrujnowany kościół, a potem morderstwo dozorcy. Samowi żal było męczyć starego człowieka następnymi pytaniami, ale nie miał wyjścia.

Niestety, ojciec Sullivan nie wiedział nic o prywatnym życiu Jimmy'ego Brogana. Ani też dlaczego Brogan, lub ktokolwiek inny, miałby zaatakować kościół Dobrego Pasterza. Zdarzały się, oczywiście, drobne akty wandalizmu czy kradzieże. Dlatego kazał zamykać drzwi na noc, co go martwiło niepomiernie, bo uważał, że świątynie winny być otwarte dla potrzebujących dzień i noc. Ale firma ubezpieczeniowa nalegała i ojciec Sullivan nakazał personelowi zamykać o szóstej po południu i otwierać co rano o siódmej.

– I od tego czasu nie było aktów wandalizmu?

– Żadnego – potwierdził pastor. – Aż do bomby.

To nie ma sensu, pomyślał Sam. Yeats miał rację. Szkoda czasu. Wstawał już, by się pożegnać, kiedy usłyszeli stukanie do drzwi, w których po chwili ukazała się dobrze zbudowana kobieta.

– Ojcze Sullivan – zapytała – nie przeszkadzam?

Posępna twarz pastora złagodniała.

– Helen! Cieszę się, że wróciłaś! Słyszałaś, co się stało?

– Tak, w telewizji. Jak tylko zobaczyłam, spakowałam się i ruszyłam do domu. – Kobieta, z bukietem goździków w dłoni, podeszła do łóżka i objęła pastora. – Widziałam już kościół. Przejeżdżałam obok. Co za ruina.

– Nie wiesz jeszcze najgorszego – zauważył ojciec Sullivan i przełknął ślinę. – Jimmy nie żyje.

– O Boże. Czy... to w wybuchu?

– Nie. Podobno się zastrzelił. Nie wiedziałem, że ma broń.

Helen, chwiejąc się, zrobiła krok w tył. Sam schwycił ją za pulchne ramię i pomógł usiąść. Jej twarz pobielała.

– Przepraszam panią – rzekł Sam spokojnie – detektyw Navarro z Portlandu. Czy mogę prosić o imię i nazwisko?

– Helen Whipple – wydukała.

– Jest pani sekretarką w kościele?

Popatrzyła na niego niewidzącymi oczami.

– Tak.

– Próbowaliśmy się z panią skontaktować.

– Byłam... byłam u siostry. W Amherst. – Siedziała, wyłamując palce i potrząsając głową. – Nie mogę w to uwierzyć. Jeszcze wczoraj widziałam Jimmy'ego. Nie wierzę, że nie żyje.

– Widziała pani Brogana? O której?

– To było rano. Zanim wyjechałam. – Zaczęła grzebać w torebce, szukając na gwałt chusteczki. – Wpadłam, żeby zapłacić parę rachunków przed wyjazdem.

– Rozmawialiście?

– Oczywiście. Jimmy jest taki... – rozpłakała się – był taki miły. Zawsze przychodził do kancelarii pogadać. Ponieważ wyjeżdżałam na urlop, a ojca jeszcze nie było, poprosiłam Jimmy'ego, żeby mi coś załatwił.

– Co?

– Och, było tyle zamieszania. Ten ślub. Ciągle przychodził dekorator, żeby zadzwonić do kwiaciarni. W męskiej toalecie ciekła umywalka i trzeba to było szybko naprawić. Musiałam dać Jimmy'emu ostatnie wskazówki. Gdzie kłaść prezenty ślubne i do którego hydraulika zadzwonić. Ulżyło mi, kiedy przyszedł ojciec Sullivan i mogłam już jechać.

– Przepraszam panią – przerwał Sam – powiedziała pani coś o prezentach ślubnych.

– Tak. To takie kłopotliwe. Niektórzy ludzie przysyłają prezenty do kościoła, zamiast do domu panny młodej.

– Ile prezentów dostarczono do kościoła?

– Tylko jeden. Jimmy, och, biedny Jimmy. To takie niesprawiedliwe. A jego żona...

Sam walczył z sobą, by zachować cierpliwość.

– I co z tym prezentem?

– Aha. O to chodzi. Jimmy powiedział, że dostarczył go jakiś mężczyzna. Pokazał mi pudełko. Było pięknie zapakowane, ozdobione srebrnymi dzwoneczkami i błyszczącymi wstążkami.

– Pani Whipple. – Sam znów jej przerwał. – Co się stało z tym prezentem?

– Nie wiem. Powiedziałam Jimmy'emu, żeby przekazał go matce panny młodej. Myślę, że to właśnie zrobił.

– Ale matki panny młodej jeszcze nie było, prawda? Co więc mógł Jimmy z nim zrobić?

Helen bezradnie wzruszyła ramionami.

– Chyba położył go tam, gdzie mogła go łatwo znaleźć. Na przedniej ławie.

Przednia ława. Centrum wybuchu.

– Do kogo był zaadresowany? – zapytał ostro.

– Do państwa młodych, oczywiście.

– Do doktora Bledsoe i jego narzeczonej?

– Tak. Tak było napisane na bileciku. Dobrze pamiętam. Państwo Bledsoe.

Zaczyna się układać, pomyślał Sam, wsiadając do samochodu. Sposób, w jaki bomba została dostarczona. Czas podłożenia. Ale nie wiedział jeszcze, dla kogo była przeznaczona. Czy Nina Cormier lub Robert Bledsoe mieli zginąć?

Nina nie wie nic o wrogach. Nie może mu pomóc. Pojechał więc na Ocean View Drive, do domu Roberta. Tym razem cholerny doktorek musi odpowiedzieć na parę pytań. A dwa pierwsze to: kim jest kobieta, z którą się widuje, i czy jest zazdrosna na tyle, by wysadzić w powietrze ślub swojego kochanka – i zabić tuzin ludzi na dokładkę.

Dwie przecznice przed jego domem stwierdził, że coś się stało. Zobaczył migające światła policyjne i grupki gapiów na chodnikach. Zaparkował i szybko przecisnął się przez tłum. Na końcu podjazdu do domu Roberta Bledsoe zobaczył żółtą taśmę policyjną rozciągniętą pomiędzy dwoma koziołkami. Pokazał policjantowi odznakę i poszedł w stronę domu.

Detektyw Yeats z Wydziału Zabójstw przywitał go swoim zwykłym tonem, obwieszczającym „ja tu rządzę". A niech to...

– Cześć jeszcze raz, Navarro. Wszystko mamy pod kontrolą.

– Co macie pod kontrolą?

Yeats wskazał na bmw stojące na podjeździe.

Powoli Sam okrążył tylny zderzak. Dopiero wtedy zauważył krew. Na kierownicy i przednim siedzeniu. Mała kałuża już zakrzepła na betonie.

– Robert Bledsoe – oznajmił Yeats – strzał w skroń. Zabrała go już karetka. Żyje, ale wątpię, czy się z tego wykaraska. Wjechał na podjazd i właśnie wysiadał. W bagażniku miał torbę z zakupami. Lody jeszcze się nie rozmroziły. Sąsiadka widziała zielonego dżipa, który odjechał tuż przedtem, jak zobaczyła ciało. Mówi, że za kierownicą siedział mężczyzna, ale nie widziała jego twarzy.

– Mężczyzna? – Sam się poderwał. – Ciemne włosy?

– Tak.

– O Boże! – Sam pędem ruszył do samochodu.

Nina, pomyślał. Ciemnowłosy mężczyzna zepchnął Ninę z drogi. Teraz zamach na Bledsoe... Czy Nina będzie następna?

– Navarro! – wołał za nim Yeats.

On jednak już zatrzasnął drzwi samochodu. Zawrócił i na sygnale ruszył w stronę domu George'a Cormiera.

Nie odrywał ręki od dzwonka, aż w drzwiach pojawiła się Daniella, z uśmiechem na bezbłędnie umalowanej twarzy.

– O, dzień dobry, detektywie.

– Gdzie jest Nina? – zawołał, wpychając się do środka.

– Na górze. A o co chodzi?

– Muszę z nią porozmawiać. Natychmiast.

Wbiegł na schody, ale zatrzymał się na podeście, usłyszawszy kroki piętro wyżej. Spojrzał w górę i zobaczył Ninę z rozpuszczonymi włosami. Jest bezpieczna, pomyślał z ulgą. Jeszcze. Była ubrana w dżinsy i koszulkę, przez ramię przewiesiła torebkę, tak jakby właśnie miała wyjść.

Gdy schodziła, dobiegł do niego zapach mydła i szamponu. Zapach Niny, rozpoznał go z przyjemnym uczuciem. Kiedy zdążył go zapamiętać?

– Czy coś się stało? – zapytała już na dole.

– Nikt do ciebie nie zadzwonił?

– W jakiej sprawie?

– Roberta.

Zamarła i wbiła w niego wzrok. Widział pytanie w jej oczach i wiedział, że boi się je zadać.

– Lepiej jedź ze mną.

– Dokąd?

– Do szpitala. Zabrali go.

Delikatnie poprowadził ją do drzwi.

– Zaczekajcie! – zawołała Daniella.

Sam odwrócił się. Daniella stała jak wryta, patrząc na nich z przerażeniem.

– Co z Robertem? Co się stało?

– Strzelano do niego. Niedawno, przed jego domem. Obawiam się, że nie wygląda to dobrze.

Daniella cofnęła się o krok, jakby ją ktoś uderzył. Jej reakcja, ten wyraz przerażenia w oczach, powiedziały Samowi wszystko. A więc to ona jest tą drugą, pomyślał. Ta blondynka o doskonałej urodzie i wyrzeźbionej sylwetce.

Czuł, jak ręka Niny drży. Pociągnął ją w stronę drzwi.

– Jedźmy już – powiedział. – Nie ma dużo czasu.

ROZDZIAŁ SZÓSTY

Następne cztery godziny spędzili w poczekalni szpitalnej. Chociaż Nina nie była częścią zespołu walczącego teraz o życie Roberta, mogła sobie wyobrazić, co tam się działo. Liczne transfuzje i wlewy soli fizjologicznej. Walka o powstrzymanie krwotoku, ustabilizowanie ciśnienia, rytmu serca. Znała to dobrze, bo wiele razy pracowała w zespole ratującym życie. Teraz mogła tylko czekać. Chociaż jej związek z Robertem został nieodwołalnie zerwany, chociaż nie przebaczyła mu zdrady, to na pewno nie chciała, żeby został ranny. Albo zastrzelony.

Tylko obecność Sama powodowała, że zachowała jeszcze zdrowe zmysły. Godziny wlokły się w nieskończoność, ale Sam tkwił przy niej na kanapie, trzymając ją za rękę w geście cichego wsparcia.

Widziała, że jest zmęczony, ale siedział przy niej, choć dochodziła już dziesiąta.

I był z nią, gdy wyszedł neurochirurg, by ich zawiadomić, że Robert zmarł na stole operacyjnym.

Nina przyjęła ten cios w ciszy, zbyt otępiała, by płakać czy powiedzieć coś więcej niż „Dziękuję za pańskie starania". Niezupełnie zdawała sobie sprawę, że Sam ją objął. Dopiero gdy nogi odmówiły jej posłuszeństwa, poczuła, że ją podtrzymuje.

– Zawiozę cię do domu – powiedział cicho. – Nic więcej nie możesz tu zrobić.

Przytaknęła. Pomógł jej wstać i poprowadził ku drzwiom. Byli już w połowie drogi, kiedy usłyszeli jakiś głos:

– Panno Cormier! Muszę zadać pani parę pytań.

Nina odwróciła się i popatrzyła na mężczyznę o szczurzej twarzy. Nie pamiętała jego nazwiska, ale wiedziała, że jest policjantem; przez cały wieczór kręcił się po poczekalni. Teraz przyglądał się jej ciekawie, w nieprzyjemny sposób.

– Nie teraz, Yeats – warknął Sam, popychając Ninę w kierunku wyjścia. – To nie jest dobry moment.

– To jest najlepszy moment, żeby pytać – odrzekł gliniarz. – Tuż po zdarzeniu.

– Powiedziała mi już, że nic o tym nie wie.

– Ale ja tego nie słyszałem. – Yeats zwrócił się do Niny: – Panno Cormier, jestem z Wydziału Zabójstw. Pani narzeczony nie odzyskał przytomności, więc nie mogliśmy go przesłuchać. Dlatego muszę porozmawiać z panią. Gdzie pani była dziś po południu?

Zaskoczona Nina potrząsnęła głową.

– Byłam w domu ojca. Nie wiedziałam, co się stało, aż...

– Aż jej powiedziałem – skończył za nią Sam.

– Ty ją zawiadomiłeś, Navarro?

– Pojechałem prosto z miejsca zbrodni do domu ojca panny Cormier. Możesz zapytać Danielli Cormier, ona to potwierdzi.

– I zapytam. – Yeats utkwił w niej wzrok. – Jak rozumiem, pani i doktor Bledsoe odwołaliście zaręczyny. I pani była w trakcie wyprowadzania się z jego domu.

– Tak – potwierdziła Nina cicho.

– Wyobrażam sobie, że miała pani wielkie poczucie krzywdy. Czy kiedykolwiek rozważała pani, hm, odegranie się na nim?

Przerażona, gwałtownie potrząsnęła głową.

– Pan chyba nie uważa, że miałam z tym coś wspólnego?

– A miała pani?

– Dość tego, Yeats.

– A ty co, Navarro? Jesteś jej adwokatem?

– Nie musi odpowiadać na takie pytania.

– Właśnie że musi. Może nie dziś wieczorem, ale musi.

Sam wziął Ninę pod rękę i poszli do drzwi.

– Uważaj, Navarro! – krzyknął Yeats, gdy wychodzili. – Stąpasz po cienkim lodzie.

Chociaż Sam nie odpowiedział, Nina wyczuła, że jest wściekły. Kiedy siedzieli już w jego samochodzie, powiedziała cicho:

– Dziękuję ci, Sam.

– Za co?

– Za to, że obroniłeś mnie przed tym okropnym człowiekiem.

– W końcu będziesz musiała z nim porozmawiać. Yeats to gnojek, ale wykonuje swoją pracę.

Ty też, pomyślała z odrobiną smutku. Odwróciła się, by spojrzeć przez okno. Sam znów jest gliną i próbuje rozwiązać zagadkę. Ona jest tylko jednym z jej kawałków.

– Porozmawiasz z nim jutro – dodał Sam. – Uważaj, jest naprawdę ostry.

– Nie mam nic do powiedzenia. Byłam u ojca. Wiesz o tym. Daniella też to potwierdzi.

– Nikt nie podważa twojego alibi, ale zabójstwa można dokonać cudzymi rękami. Mordercę można wynająć.

Odwróciła się do niego powoli z wyrazem niedowierzania.

– Nie myślisz chyba...

– Wiem tylko, że to jest logiczne rozumowanie. Gdy ktoś zostaje zamordowany, podejrzanym numer jeden jest zawsze małżonek lub kochanek, żona lub dziewczyna. Ty i Bledsoe właśnie zerwaliście zaręczyny. I stało się to w najbardziej publiczny i bolesny sposób, jaki można sobie wyobrazić. Nie wymaga to wielkiego wysiłku intelektualnego, żeby zacząć podejrzewać cię o mordercze zamiary.

– Nie jestem zabójczynią. Wiesz, że nie!

Jechał przed siebie, jak gdyby nie usłyszał ani słowa.

– Navarro, słyszałeś? Nie jestem zabójczynią!

– Słyszałem.

– To dlaczego nic nie mówisz?

– Bo myślę, że znów coś się dzieje.

Dopiero wtedy zauważyła, że z niepokojem spogląda w lusterko wsteczne. Podniósł słuchawkę i wykręcił numer.

– Gillis? Zrób coś dla mnie. Dowiedz się, czy Yeats śledzi Ninę Cormier. Tak, teraz. Jestem w samochodzie. Oddzwoń.

Nina odwróciła się i popatrzyła na światła jadącego za nimi samochodu.

– Ktoś nas śledzi?

– Nie jestem pewien. Zauważyłem tylko, że ten samochód ruszył za nami, kiedy odjeżdżaliśmy spod szpitala.

– Twój kolega z Wydziału Zabójstw pewnie uważa, że jestem naprawdę niebezpieczna, skoro kazał mnie śledzić.

– Po prostu ma oko na podejrzaną.

Podejrzana, pomyślała. Dobrze, że w ciemnościach nie widać mojej twarzy. Czy dla ciebie też jestem podejrzana?

Jechał ostrożnie, by nie wzbudzić podejrzeń w człowieku w samochodzie za nimi. W napiętej ciszy dzwonek telefonu zabrzmiał przejmująco. Podniósł słuchawkę.

– Navarro. – Zapadła cisza, a potem spytał: – Jesteś pewien? – Znów spojrzał w lusterko. – Jestem na skrzyżowaniu Congress i Braeburn, jadę na zachód. Mała półciężarówka, wygląda jak dżip cherokee. Skręcę gwałtownie obok Houlton. Bądź gotowy i czekaj, weźmiemy go z dwóch stron. Nie spłosz go.

Na początek podjedź na tyle blisko, żeby mu się przyjrzeć. Dobra, skręcam. Będę za pięć minut.

Odłożył słuchawkę i zerknął na Ninę z wyraźnym niepokojem.

– Zorientowałaś się, co się dzieje?

– Ten za nami to nie glina. A więc kto to jest?

– Zaraz się dowiemy. Teraz słuchaj. Za chwilę schylisz się do podłogi tuż przy drzwiach. Jeszcze nie teraz, nie chcę w nim wzbudzać podejrzeń. Ale jak Gillis będzie za nim, może być gorąco. Jesteś gotowa?

– Nie mam wielkiego wyboru...

Skręcił. Nie za szybko – ot, zwykła zmiana kierunku, jakby się właśnie zdecydował pojechać inną trasą.

Ten drugi samochód też skręcił. Sam wrócił na Congress Street. Jechali teraz na wschód, jak gdyby wracali tam, skąd przyjechali. O dziesiątej trzydzieści w niedzielę ruch był nieduży i łatwo było obserwować drogę.

– Jest Gillis – zauważył Sam. – Punktualnie.

Skinął w kierunku granatowej toyoty zaparkowanej przy krawężniku. Minęli ją, a chwilę później toyota włączyła się do ruchu, tuż za dżipem.

– Podejrzany jak szyneczka w kanapce – mruknął Sam z nutą triumfu w głosie. Dojeżdżali do świateł, które właśnie zmieniały się na żółte. Celowo zwolnił, aby obydwa samochody zostały za nim.

Nagle bez ostrzeżenia dżip wyrwał się z piskiem opon do przodu i przejechał przez skrzyżowanie na czerwonym świetle. Sam rzucił mięsem i nacisnął gaz. Też przejechali, choć z bocznej ulicy wjeżdżała na skrzyżowanie półciężarówka. Sam szarpnął w bok kierownicą i pognał za dżipem. Ten nagle skręcił w następną przecznicę.

– Ten gość to spryciarz – bąknął Sam. – Wiedział, że zastawiliśmy na niego pułapkę.

– Uważaj! – krzyknęła Nina, bo jakiś parkujący samochód właśnie włączał się do ruchu.

To czyste wariactwo, pomyślała, jadę z maniakiem za kierownicą. Skręcili w wąską przerwę między domami. Nina musiała przytrzymać się deski rozdzielczej, przed oczami zakręciły się jej kubły na śmieci. Nie było śladu dżipa. Toyota Gillisa zatrzymała się z piskiem tuż za nimi.

– W którą stronę?

– Nie wiem! – odkrzyknął Sam. – Pojadę na wschód.

Skręcił w prawo. Nina zerknęła do tyłu i zobaczyła, jak Gillis skręca w lewo i jedzie w przeciwną stronę. Na pewno jeden z nich dostrzeże uciekiniera.

Cztery przecznice dalej nie było śladu dżipa. Sam sięgnął po słuchawkę i wykręcił numer Gillisa.

– Nie widzę go, a ty?

W odpowiedzi usłyszał jęk zawodu.

– W porządku, przynajmniej masz numer rejestracyjny. Zadzwonię później.

– Zauważył numery? – zapytała Nina.

– Tablice z Massachusetts. Już sprawdzają. Przy odrobinie szczęścia złapią go. – Popatrzył na Ninę. – Chyba nie powinnaś wracać do domu ojca.

– Myślisz, że mnie śledził – powiedziała cicho.

– Tylko dlaczego? Dzieje się tu coś dziwnego, coś, w co musisz być zamieszana ty i Robert. Niczego się nie domyślasz?

102

Potrząsnęła głową.

– To jakaś pomyłka – szepnęła.

– Ktoś zadaje sobie wiele trudu, żeby unieszkodliwić ciebie i Roberta. Nie przypuszczam, żeby ten ktoś mógł, lub mogła, mylić się w wyborze celu.

– Mogła? Naprawdę myślisz...

– Tak jak powiedziałem, morderstwa nie trzeba dokonać osobiście. Można za nie zapłacić. Jestem coraz bardziej przekonany, że w tej sprawie mamy do czynienia z zawodowcem.

Nina dygotała. Nie mogła się już kłócić. Ten człowiek mówi tak chłodno o jej życiu, a ono wisi na włosku.

– Wiem, że trudno ci to teraz przyjąć – dodał – ale w twoim wypadku zaprzeczanie może mieć fatalne następstwa. Zrozum to wreszcie. Fakty są brutalne. Robert nie żyje. A ty możesz być następna.

Ale po co ktoś miałby mnie zabijać?!

– Nie możemy obarczać winą Jimmy'ego Brogana – zauważył Sam. – Myślę, że on jest niewinny. Zobaczył coś, czego nie powinien był widzieć, więc się go pozbyto. A potem upozorowano samobójstwo, żeby zbić nas z tropu. I odciągnąć uwagę od dochodzenia w sprawie bomby. Nasz morderca jest bardzo sprytny. I poluje na konkretne osoby.

Usłyszała w jego głosie czystą, beznamiętną logikę.

– Dowiedziałem się dzisiaj jeszcze czegoś – dodał. – W dniu waszego ślubu dostarczono do kościoła prezent. Jimmy Brogan mógł widzieć mężczyznę, który go doręczył. Przypuszczamy, że Brogan położył paczkę gdzieś obok frontowych ław. Tuż koło miejsca eksplozji. Prezent był zaadresowany do ciebie i Roberta.

Urwał, aby mogła odrzucić te oczywiste fakty. Nie zrobiła tego. Informacje napływały zbyt szybko i miała kłopot z uporaniem się z ich konsekwencjami.

– Pomóż mi, Nino. Kto to jest? I jaki ma motyw?

– Powiedziałam ci, nie wiem!

– Robert przyznał, że jest inna kobieta. Czy domyślasz się, kim ona jest?

– Nie.

– Czy nie odniosłaś wrażenia, że Daniella i Robert byli sobie bliscy?

Nina zamarła. Daniella? Zastanowiła się nad ostatnimi miesiącami. Przypomniała sobie wieczory, które spędziła z Robertem w domu swojego ojca. Wszystkie zaproszenia, kolacje. Było jej miło, że jej narzeczony został tak szybko zaakceptowany przez nich oboje, że chociaż raz w rodzinie Cormierów zapanowała harmonia. Daniella, która dotąd nie darzyła swojej pasierbicy szczególnie ciepłymi uczuciami, zaczęła nagle zapraszać ją i Roberta na wszystkie towarzyskie okazje. Daniella i Robert.

– I z tego powodu – ciągnął Sam – też nie powinnaś wracać dziś do domu ojca.

– Myślisz, że Daniella...

– Będziemy ją jeszcze przesłuchiwać.

– Ale dlaczego miałaby zabić Roberta? Skoro go kochała...

– Zazdrość? Jeżeli ona nie może go mieć, to nikt go nie dostanie?

– Ale on zerwał zaręczyny! Między nami wszystko było skończone!

– Naprawdę?

Wyczuła ukryte napięcie w jego cichym głosie.

– Byłeś tam, Sam. Słyszałeś naszą kłótnię. Nie kochał mnie już. Czasami myślę, że nigdy mnie nie kochał. – Zwiesiła głowę. – Dla niego to był naprawdę koniec.

– A dla ciebie?

Poczuła łzy pod powiekami. Cały wieczór skutecznie powstrzymywała płacz. Podczas tych niekończących się godzin w szpitalu zdołała się ukryć całkowicie w swoim otępieniu, tak że kiedy dowiedziała się o śmierci Roberta, zarejestrowała ten fakt gdzieś głęboko w świadomości, lecz go nie odczuła. Żadnego szoku, żadnego żalu. Wiedziała, że powinna pogrążyć się w żałobie. Niezależnie od tego, jak mocno Robert ją skrzywdził, ciągle był człowiekiem, z którym przeżyła ostatni rok.

To, co działo się teraz, było jakimś zupełnie innym życiem. To nie było jej życie. Ani Roberta. To był sen, bez żadnego odniesienia do rzeczywistości.

Zaczęła płakać. Cicho, jakby z wyczerpania.

Sam milczał. Po prostu jechał przed siebie, podczas gdy kobieta obok roniła ciche łzy. Wiele chciał jej powiedzieć. Chciał jej przypomnieć, że Robert był gnojkiem pierwszej wody, że nie warto nad nim płakać. Ale z zakochanymi kobietami nie można rozmawiać logicznie. Był przekonany, że kochała Roberta i że jej łzy o tym świadczą.

Mocniej ścisnął kierownicę, sfrustrowany niemożnością ukojenia jej żalu. Tacy faceci jak Robert nie są warci łez żadnej kobiety. Ale to z ich powodu najczęściej płakały. Złoci chłopcy. Spojrzał na Ninę wtuloną w drzwi samochodu i poczuł przypływ współczucia. I coś więcej, coś co go zadziwiło. Tęsknotę.

Natychmiast ją w sobie zdusił. To kolejny znak, że nie powinien był się znaleźć w takiej sytuacji. Jest w porządku, jeżeli gliniarz komuś współczuje, ale jeżeli uczucia zaczynają przekraczać tę niewidzialną granicę i stają się niebezpieczne, czas się wycofać. Nie mogę się wycofać. Nie dzisiaj. Dopiero kiedy upewnię się, że jest bezpieczna.

– Nie możesz jechać do ojca ani do matki – zauważył. – Jej dom nie ma alarmu ani zamykanej bramy. Zabójca łatwo by cię znalazł.

– Wynajęłam... dziś mieszkanie. Nie ma jeszcze mebli, ale...

– Przypuszczam, że Daniella o tym wie?

– Tak, oczywiście.

– A więc nic z tego. A twoje przyjaciółki?

– Mają dzieci. Gdyby się dowiedziały, że ściga mnie zabójca... – Wzięła głęboki oddech. – Pójdę do hotelu.

Zauważył, że zesztywniała i się wyprostowała. No tak, stara się zrobić dobrą minę do złej gry. Boże, co mógłby zrobić? Ona jest przerażona i ma do tego pełne prawo. Oboje są wykończeni. Nie może jej zostawić o tej porze w jakimś przypadkowym hotelu. Samej.

Zjazd na drogę numer jeden jest tuż-tuż. Skręcił.

Dwadzieścia minut później minęli duże skupiska drzew. Nieliczne domy oddalone były od siebie i stały na gęsto zalesionych parcelach. To właśnie spodobało się Samowi w tej okolicy. Jako chłopiec, najpierw w Bostonie, potem w Portlandzie, mieszkał zawsze w centrum miasta. Wyrastał wśród betonu i asfaltu, lecz zawsze pociągał go las. Teraz każdego lata wyjeżdżał na północ łowić ryby i obozować nad jeziorem. Przez resztę roku musiał się zadowolić domem w spokojnej okolicy, pełnej brzóz i sosen.

Skręcił w swoją prywatną drogę przez zagajnik. Nieutwardzona nawierzchnia zmieniła się w podjazd wysypany żwirem. Dopiero gdy wyłączył silnik i spojrzał na swój domek, ogarnęły go wątpliwości. Nie ma czym się chwalić. Prefabrykowana chatka z drewna cedrowego, z dwiema sypialniami, którą poskładał trzy lata temu latem. Jeżeli chodzi o wnętrze, to też nie był pewien, w jakim stanie je zostawił. No ale nie ma odwrotu.

Wysiadł i obszedł samochód, by otworzyć drzwi. Zdziwiła się na widok małego domku w lesie.

– Gdzie jesteśmy?

– W miejscu na pewno bezpieczniejszym niż hotel. – Wskazał ręką na ganek. – Tylko na dzisiaj. Zanim zorganizujemy coś innego.

– Kto tu mieszka?

– Ja.

Jeżeli zaniepokoiła się, to nie dała tego po sobie poznać. W ciszy czekała, aż otworzy drzwi. Wszedł za nią do środka i zapalił światło.

Dzięki Bogu, pokój dzienny wygląda nieźle. Żadnych ciuchów na kanapie ani brudnych naczyń na stoliku. Nie żeby było nieskazitelnie czysto. Wokół walały się gazety, a w kątach kłębki kurzu, w końcu jest to pokój niezbyt porządnickiego singla. Ale przynajmniej nie jest to kompletna katastrofa. Tylko częściowa.

Zamknął drzwi na klucz i na zasuwę.

Stała na środku, lekko osłupiała. Z powodu bałaganu? Gdy dotknął jej ramienia, lekko się wzdrygnęła.

– Jak się czujesz?

– Dobrze.

– Nie wyglądasz.

W rzeczywistości wyglądała żałośnie. Oczy miała zaczerwienione, a policzki trupio blade. Zapragnął wziąć jej twarz w dłonie i rozgrzać swoim dotykiem. Nie najlepszy pomysł. Zamienia się w litościwego wujka dla kobitek w tarapatach, a ta kobieta naprawdę jest w tarapatach.

Ruszył do sypialni gościnnej. Jeden rzut oka na pobojowisko i zrezygnował z tego pomysłu. Tu nie można wpuścić gościa. Ani wroga. Jest tylko jedno rozwiązanie. On będzie spał na kanapie, a ona w jego sypialni.

Pościel. O Boże, czy jest jakaś czysta pościel?

Nerwowo pogrzebał w szafie i znalazł czysty komplet. No, nie jest z nim tak źle. Odwrócił się od szafy i znalazł się z Niną twarz w twarz. Wyciągnęła ręce po prześcieradła.

– Pościelę na kanapie.

– To na łóżko. Będziesz spać w moim pokoju.

– Nie, Sam. I tak czuję się winna. Pośpię na kanapie.

Coś w sposobie, w jaki patrzyła na niego – może ten uniesiony podbródek – mówiło mu, że ma dość odgrywania obiektu litości. Podał jej pościel i koc.

– Kanapa ma góry i doliny.

– Ostatnio zostałam przeciągnięta przez liczne góry i doliny. Kilka więcej nie sprawi mi różnicy. Prawie żarcik. To dobrze. Próbuje wziąć się w garść. Imponująca siła woli.

Ścieliła kanapę, a w tym czasie Sam próbował z kuchni dodzwonić się do domu Gillisa.

– Te tablice z Massachusetts – mówił Gillis – zostały skradzione dwa tygodnie temu. Nie znaleziono jeszcze dżipa. Stary, ten facet jest bardzo szybki.

– I niebezpieczny.

– Myślisz, że to nasz bombiarz?

– I ten, który strzela. To wszystko jest poplątane, Gillis.

– A jak tu się wpisuje bomba w magazynach zeszłego tygodnia? Ustaliliśmy, że to mafia.

– Tak. Paskudna wiadomość dla rywali Billy'ego Binforda.

– Binford jest w więzieniu. Jego przyszłość nie wygląda zbyt różowo. Po co by zlecał podłożenie bomby w kościele?

– Kościół nie był celem. Jestem prawie zupełnie pewny, że celem był Bledsoe albo Nina Cormier. Albo oboje.

– W jaki sposób to się łączy z Binfordem?

– Nie wiem. Nina nie słyszała o Binfordzie.

Sam potarł podbródek i wyczuł ostry zarost. O Boże, jaki jest zmęczony. Zbyt zmęczony, żeby coś dziś zrozumieć.

– Jest jeszcze jeden wątek, którego nie wykluczyliśmy. Stara porządna zbrodnia z miłości. Przesłuchiwałeś Daniellę Cormier.

– Tak. Zaraz po eksplozji. Ale laska.

– Nie wyczułeś nic dziwnego?

– Co masz na myśli?

– Czegoś, co ci nie pasowało? Jej reakcje, odpowiedzi? Pomyśl.

– Nic takiego sobie nie przypominam. Była naprawdę oszołomiona. O co ci chodzi?

– Myślę, że chłopcy z Zabójstw powinni ją przesłuchać jeszcze dziś w nocy.

– Przekażę to Yeatsowi. Masz jakieś przeczucie?

– Ona i Robert Bledsoe mieli mały romansik na boku.

– I z zazdrości wysadziła kościół w powietrze? – Gillis się roześmiał. – To nie ten typ.

– Pamiętasz, co mówią o kobietach?

– Tak. Ale nie mogę sobie wyobrazić, żeby piękna blondynka...

– Uważaj na hormony, Gillis.

– Jeżeli ktoś tu ma uważać na hormony, to tylko ty.

Też tak sądzę, pomyślał Sam i odwiesił słuchawkę. Zatrzymał się na chwilę w kuchni i po raz kolejny upomniał samego siebie – jestem gliną, mam chronić ludzi, a nie ich uwodzić. Ani się w nich zakochiwać.

Wszedł do pokoju. Na widok Niny jego postanowienia skruszyły się na kawałki. Stała w oknie i wpatrywała się w ciemność. Nie powiesił firanek, bo tu, w lesie, nie było potrzeby. Ale teraz zdał sobie sprawę, że ta kobieta jest narażona na niebezpieczeństwo. I to go zmartwiło – bardziej, niż chciałby się do tego przyznać.

– Lepiej by było, gdybyś odsunęła się od okien.

Odwróciła się ze zdziwieniem

– Chyba nie myślisz, że ktoś mógł jechać za nami?

– Nie. Ale mimo to trzymaj się z daleka.

Trzęsąc się, podeszła do kanapy i usiadła. Zdążyła już ją rozłożyć i pościelić. Dopiero teraz Sam zauważył swój podarty koc. Marne meble, wystrzępiona pościel. Nigdy przedtem to mu nie przeszkadzało. Tak wiele spraw w jego kawalerskim życiu nie doskwierało mu, bo nie zastanawiał się dotąd, o ile lepsze i słodsze mogłoby ono być. Dopiero teraz, gdy zobaczył, jak Nina siada na kanapie, spostrzegł, że pokój jest ubogi. Tylko obecność tej kobiety nadaje mu jakieś ciepło. Niestety, wkrótce już jej tu nie będzie.

Im prędzej, tym lepiej. Zanim stanie się jeszcze ważniejsza, zanim wśliźnie się jeszcze głębiej w jego życie.

Podszedł do kominka, z powrotem do kuchni, jakby nie mógł znaleźć sobie miejsca. Instynkt podpowiadał mu, że powinien coś powiedzieć.

– Pewnie jesteś głodna.

– Nie mogę myśleć o jedzeniu. – Potrząsnęła głową. – Nie mogę myśleć o niczym poza...

– Robertem?

Opuściła głowę i milczała. Czyżby znowu płakała? Ma do tego prawo. Ale siedziała tylko bez ruchu, jak gdyby walczyła o to, by utrzymać swoje uczucia na wodzy.

Usiadł na krzesełku naprzeciwko niej.

– Opowiedz mi o Robercie. Wszystko, co o nim wiesz. Proszę.

Oddychała jeszcze nierówno, a po chwili rzekła cicho:

– Nie wiem, co ci powiedzieć. Mieszkaliśmy razem przez rok. A teraz wydaje mi się, że go wcale nie znałam.

– Spotkaliście się w pracy?

– Tak, w izbie przyjęć. Pracowałam tam od trzech lat. Potem dołączył do nas Robert. Był dobrym lekarzem. Jednym z najlepszych, z którymi pracowałam. Fajnie się z nim rozmawiało. Dużo podróżował, robił różne ciekawe rzeczy. Pamiętam, jak się zdziwiłam, że nie był żonaty.

– Nigdy?

– Nigdy. Powiedział mi, że nie spotkał jeszcze kobiety, z którą chciałby spędzić życie.

– Zważywszy na jego wiek, musiał być bardzo wybredny.

W jej wzroku pojawił się ślad rozbawienia.

– Ty też nie jesteś żonaty. Czy to znaczy, że także jesteś bardzo wybredny?

– Winien, wysoki sądzie. Ale też nie starałem się za bardzo.

– Nie jesteś zainteresowany?

– Nie mam czasu na romanse. Taka praca.

Westchnęła.

– Taka jest męska natura. Wcale nie chcecie się żenić.

– Czy ja to powiedziałem?

– Zrozumiałam to po latach staropanieństwa.

– Wszyscy jesteśmy szuje, o to ci chodzi? Wróćmy do jednej konkretnej szui, Roberta. Mówiłaś, że spotkaliście się w pogotowiu. To była miłość od pierwszego wejrzenia?

Gdy odchyliła głowę, dostrzegł na jej twarzy ból.

– Nie. Przynajmniej nie dla mnie. Chociaż oczywiście uważałam, że jest atrakcyjny.

Oczywiście, pomyślał Sam cynicznie.

– Ale kiedy zaprosił mnie na pierwszą randkę, nie przypuszczałam, że to będzie miało przyszłość. Dopiero jak przedstawiłam go mamie, zrozumiałam, że to świetna partia. Mama była zachwycona. Przez te wszystkie lata chodziłam z chłopakami, których uważała za nieudaczników. A tu proszę, pojawiam się z lekarzem. Już słyszała dzwony weselne.

– A ojciec?

– Chyba odetchnął z ulgą, że wreszcie umawiam się z kimś, kto ożeni się ze mną nie dla jego pieniędzy. Zawsze się tego obawiał. Jego pieniądze. Jego żony. Albo raczej aktualnej żony.

– Po tym, co widziałaś w małżeństwach swoich rodziców, dziwne, że sama chciałaś się w to bawić.

– Ale dlatego właśnie chciałam wyjść za mąż! Żeby nam się udało. W mojej rodzinie nigdy nie było stabilności. Rodzice rozwiedli się, kiedy miałam osiem lat. Potem nastąpił stały pochód macoch i partnerów matki. Nie chciałam, żeby moje życie tak wyglądało. – Wzdychając, popatrzyła na lewą rękę bez pierścionka. – Teraz zastanawiam się, czy trwałe małżeństwo to nie jest przypadkiem jeszcze jedna legenda.

– Małżeństwo moich rodziców było stabilne. I dobre.

– Było?

– Zanim mój tata umarł. Był gliną, w Bostonie. Nie dożył dwudziestolecia w służbie.

Teraz to Sam nie patrzył na nią. Zapatrzył się w jakiś daleki punkt w pokoju, unikając jej współczującego wzroku. Nie potrzebował jej współczucia. Rodzice umierają i żyje się dalej. Nie ma wyboru.

– Kiedy mój tata zmarł, mama i ja przeprowadziliśmy się do Portlandu – ciągnął. – Chciała żyć w spokojniejszym miejscu. W mieście, gdzie nie musiałaby się martwić, że jej dzieciak zostanie zastrzelony na ulicy.

Posłał jej smutny uśmiech.

– Nie była zbyt szczęśliwa, że zostałem policjantem.

– Dlaczego nim zostałeś?

– Miałem to chyba w genach. Dlaczego zostałaś pielęgniarką?

– Tego na pewno nie było w genach.

Oparła się wygodniej i przez chwilę pomyślała.

– Myślę, że potrzebowałam niesienia pomocy bezpośrednio. Lubię kontakt z ludźmi. To było dla mnie ważne, szybka pomoc. Nie jakaś bliżej niesprecyzowana idea służby dla ludzkości. – Uśmiechnęła się z przymusem. – Powiedziałeś, że twoja mama nie chciała, żebyś został policjantem. Mojej matce też niezbyt podobał się mój wybór.

– Co miała przeciwko pielęgniarstwu?

– Nic. To po prostu nie był właściwy zawód dla jej córki. Uważa, że jest to praca fizyczna, coś, co powinny robić inne kobiety. Spodziewała się, że dobrze wyjdę za mąż, zostanę elegancką panią domu, będę przyjmować gości i pomagać ludzkości, organizując rauty charytatywne. Dlatego tak ją uszczęśliwiły moje zaręczyny. Myślała, że jestem już na dobrej drodze. Właściwie to była ze mnie dumna... po raz pierwszy.

– Ale nie dlatego chciałaś poślubić Roberta? Aby sprawić satysfakcję matce?

– Nie wiem. Już nie wiem.

– A miłość? Musiałaś go kochać.

– Jak mogę być czegokolwiek pewna? Właśnie się dowiedziałam, że spotykał się z inną. Teraz wydaje mi się, że zastygłam w jakimś śnie. W miłości do mężczyzny, którego wymyśliłam.

Wcisnęła się w oparcie kanapy i zamknęła oczy.

– Nie chcę już więcej o nim rozmawiać.

– Ważne, żebyś mi powiedziała wszystko. Żebyś rozważyła wszelkie możliwe powody, dla których ktoś mógł chcieć jego śmierci. Nikt nie podchodzi do obcego człowieka i nie strzela mu w głowę. Zabójca musi mieć powód.

– Może nie miał. Może to wariat. Albo naćpany. Robert mógł znaleźć się w niewłaściwym miejscu o niewłaściwej porze.

– Sama w to nie wierzysz, prawda?

– Nie, chyba nie – odrzekła cicho.

Obserwował ją jeszcze przez moment, myśląc, jaka jest słaba i bezradna. Gdyby był kimś innym, wziąłby ją w ramiona, przynosząc ciepło i ulgę. Nagle poczuł się zniesmaczony sobą. To nie jest odpowiedni moment na pytania i bycie policjantem. Lecz tylko to pozwalało mu utrzymać wygodny dystans. To go chroniło, izolowało. Od niej.

Wstał z krzesła.

– Myślę, że obydwoje potrzebujemy snu.

Jej odpowiedzią było skinienie głową.

– Jeżeli czegoś potrzebujesz, mój pokój jest na końcu korytarza. Jesteś pewna, że nie chcesz spać w sypialni?

– Będzie mi tu dobrze. Dobranoc.

To był dla niego sygnał, by się wycofać.

W swoim pokoju rozpiął koszulę, przemierzając przestrzeń między szafą a komodą. Czuł się bardziej rozkojarzony niż zmęczony. Mózg pracował z prędkością jednej mili na minutę. W ciągu ostatnich dwóch dni wysadzono w powietrze kościół, zastrzelono człowieka, a kobietę zepchnięto z drogi w oczywistym zamiarze popełnienia morderstwa. Był pewien, że to wszystko łączy się ze sobą, a nawet z wybuchem w magazynach tydzień wcześniej, lecz nie mógł odnaleźć związku. Może jest za głupi. Może jego mózg, zbyt otumaniony hormonami, nie działa sprawnie.

To wszystko jej wina. Nie potrzebował ani nie chciał takich komplikacji. Ale nie mógł myśleć o tej sprawie, żeby gdzieś w tle nie przewijała się myśl o Ninie.

A teraz jest u niego w domu.

Żadna kobieta nie spała pod jego dachem od... dawna. Jego ostatni romans to kilka tygodni z kobietą, którą poznał na jakimś przyjęciu. Potem, za obopólną zgodą, sprawa się skończyła. Żadnych komplikacji czy złamanych serc.

I niewiele też satysfakcji.

Ostatnio satysfakcję przynosiła mu tylko praca. To jedyne, na co mógł liczyć: przecież nigdy nie zabraknie przestępców.

Zgasił światło i wyciągnął się na łóżku, ale nie miał jeszcze ochoty spać. Myślał o Ninie. Byliby strasznie niedobraną parą. Jej matka przeraziłaby się, gdyby jej córkę zaczął odwiedzać gliniarz. Gdyby miał w ogóle szansę. To błąd, że ją tu przywiózł. Ostatnio popełnia zbyt wiele błędów.

Jutro, pomyślał, już jej tu nie będzie. I zapanuję nad wszystkim.

ROZDZIAŁ SIÓDMY

Wiedziała, że powinna popłakać, ale nie mogła. Leżała na kanapie i myślała o miesiącach przeżytych z Robertem, które miały być wstępem do wspólnego życia. Kiedy to się rozpadło? Kiedy przestał mówić jej prawdę? Powinna była coś zauważyć. Uciekające spojrzenia, ciszę. Przypomniała sobie, że dwa tygodnie wcześniej zaproponował, by przełożyć ślub. Pomyślała wtedy, że to przedślubna trema. Wszystkie przygotowania były już zakończone, data ustalona.

Musiał się czuć jak w pułapce.

Och, Robercie. Gdybyś tylko powiedział mi prawdę. Z prawdą poradziłaby sobie. Z bólem, odrzuceniem. Była wystarczająco silna i dorosła. Nie mogła sobie poradzić z tym, że przez tyle czasu mieszkała z mężczyzną, którego prawie nie znała. Już się nie dowie, co naprawdę do niej czuł. Jego śmierć sprawiła, że nie miała już możliwości, by mu przebaczyć.

W końcu zapadła w sen, ale kanapa rzeczywiście była niewygodna i nękały ją sny.

Nie o Robercie, ale o Samie. Stał obok niej, cichy i poważny. W jego oczach nie było żadnych emocji, tylko ta nieczytelna obojętność obcego człowieka. Wyciągnął do niej dłoń tak, jakby chciał ją wziąć za rękę. Ale kiedy spojrzała w dół, miała na rękach kajdanki.

– Jesteś winna – rzekł. – Winna, winna, winna.

Obudziła się ze łzami w oczach. Nigdy nie czuła się taka samotna, zredukowana do żałosnego szukania schronienia w domu gliniarza, który ma ją w nosie, który uważał ją za niewiele więcej niż dodatkowy obowiązek. I kłopot.

Uwagę jej zwrócił przelotny cień w oknie. Nie zauważyłaby go wcale, gdyby nie to, że pojawił się tak blisko, z prawej strony – ciemna plama poruszająca się na linii jej wzroku. Nagle serce zaczęło jej walić jak oszalałe.

Znowu coś się poruszyło i przebiegł cień.

Zerwała się z kanapy i pobiegła na oślep do pokoju Sama. Nie stukała, tylko wpadła do środka.

– Sam? – Nic. Brak reakcji. Jak szalona rzuciła się, by go obudzić, i jej ręce natrafiły na ciepłe, nagie ciało. – Sam?

Dotyk Niny poderwał go tak gwałtownie, że odskoczyła przestraszona.

– Co? – zawołał. – Co jest?

– Ktoś chodzi koło domu!

Natychmiast się dobudził. Zsunął się z łóżka i sięgnął po spodnie leżące na krześle.

– Zostań tutaj – wyszeptał.

– Co masz zamiar zrobić?

Odpowiedział jej szczęk metalu. Broń. To jasne, że ma broń. W końcu jest gliniarzem.

– Zostań tu – rozkazał i wyśliznął się z sypialni.

Trzęsąc się z zimna, stanęła przy drzwiach i nasłuchiwała. Słyszała odgłos kroków Sama w korytarzu i w pokoju. Potem zapadła taka cisza, że każdy jej wydech brzmiał jak dzwon. Chyba nie wyszedł z domu?

Skrzypnięcie powracających kroków sprawiło, że odsunęła się spod drzwi. Schowała się po drugiej stronie łóżka za materac. Dopiero kiedy usłyszała, jak Sam wypowiada jej imię, ośmieliła się podnieść głowę.

– Jestem tutaj – powiedziała szeptem i nagle poczuła się śmiesznie, wychodząc ze swej kryjówki.

– Nie ma nikogo.

– Ale ja kogoś widziałam. Coś.

– To mogła być sarna. Może przeleciała sowa.

Położył broń na stoliku nocnym. Podskoczyła na dźwięk metalu stukającego o drewno. Nienawidziła broni.

– Nina, wiem, że się boisz. Masz do tego prawo. Ale sprawdziłem, nie ma tam nikogo. – Wyciągnął rękę i dotknął jej ramienia. – Zmarzłaś.

– Boję się. O Boże, Sam, tak się boję...

Położył ręce na jej ramionach.

Trzęsła się tak mocno, że nie mogła wykrztusić słowa. Niezręcznie przyciągnął ją do siebie, aż oparła się wygodnie o jego pierś. Gdy w końcu ją objął, poczuła, że znalazła się w domu. Otoczona ciepłem i bezpieczna. To nie był mężczyzna, który się jej śnił, zimny, ponury policjant, ale ktoś, kto ją przytulał i pocieszał uspokajającymi słowami. Mężczyzna, który zatopił twarz w jej włosach, którego usta szukały jej ust.

Pocałunek był delikatny. Słodki. Nie taki, jaki kojarzył się jej z Samem. Oczywiście, nie spodziewała się, że znajdzie kiedyś pocieszenie w jego ramionach. Ale oto znalazła się w jego objęciach i nigdy dotąd nie czuła się tak bezpieczna.

Jeszcze drżała, gdy zaprowadził ją do łóżka i okrył ich oboje kołdrą. Pocałował ją znowu, delikatnie i bez żadnych oczekiwań. Ciepło łóżka i dwojga ciał sprawiło, że przestała dygotać. Uświadomiła sobie teraz wiele innych nieoczekiwanych rzeczy: zapach jego skóry, szorstkość torsu. A przede wszystkim dotyk warg.

Leżeli w swoich ramionach, ze splecionymi nogami. Pocałunek przerodził się w pożądanie, czyste i proste, na które odpowiedziała z gotowością, która ją samą zaskoczyła. Jej wargi rozchyliły się na jego przywitanie. Poprzez skłębioną pościel i swoje ubranie poczuła dowód jego narastającego podniecenia. Nie oczekiwała, że tak się stanie. Ale kiedy zatopili się w pocałunku i jego ręka zsunęła się po jej biodrach, wiedziała już, że to jest nieuniknione. Pomimo swej nieodgadnionej twarzy Sam Navarro miał w sobie więcej namiętności niż którykolwiek ze znanych jej mężczyzn.

To on pierwszy odzyskał kontrolę. Nagle przestał ją całować.

– Sam? – wyszeptała.

Oderwał się od niej i usiadł na brzegu łóżka. Obserwowała go w ciemnościach, jak przeczesywał dłonią włosy. Zadrżał, gdy pogładziła jego plecy. Pragnął jej – to wiedziała. Ale miał rację, to jest błąd. Ona się boi i potrzebuje obrońcy. To naturalne, że szukają pocieszenia w swoich objęciach, nawet jeśli ma to być tylko tymczasowe.

Siedział skulony na łóżku, a ona go pragnęła.

– To nie jest takie straszne, prawda? To, co zdarzyło się między nami? – powiedziała.

– Nie dam się znowu w to wciągnąć. Nie mogę.

– To nie musi mieć znaczenia, Sam.

– Tak to widzisz? Szybki numerek bez żadnego znaczenia?

– Nie. Wcale nie to chciałam powiedzieć.

– Ale tak by się to skończyło. Wiesz, że to klasyk. Ja chcę cię chronić, ty chcesz rycerza na białym koniu. Póki ta sytuacja trwa, jest dobrze. A potem wszystko się rozleci. – Wstał i podszedł do drzwi. – Pośpię na kanapie.

Leżała sama w jego łóżku, próbując uporządkować emocje. To nie ma sensu. Niczego już nie kontroluje. Próbowała sobie przypomnieć, kiedy jej życie było w doskonałej harmonii.

Zanim związała się z Robertem. Ale dała się złapać na lep bajeczki o małżeństwie doskonałym. I tu popełniła błąd. Uwierzyła w bajki. Jej rzeczywistość to dorastanie w niepełnej rodzinie, z kolejnymi ojczymami i macochami, z matką i ojcem, którzy sobą pogardzali. Dopóki nie spotkała Roberta, nie myślała o małżeństwie. Była zupełnie zadowolona ze swojego życia i pracy. Pracy, która podtrzymywała ją na duchu.

Mogłaby do tego wrócić. Wróci. Marzenie o szczęśliwym małżeństwie, całe to fantazjowanie, jest już martwe.

Sam obudził się o świcie. Kanapa była jeszcze bardziej niewygodna, niż podejrzewał. Sen miał niespokojny, bolało go ramię, a o siódmej rano nie nadawał się do obcowania z ludźmi. I kiedy zadzwonił telefon, trudno mu było odpowiedzieć nawet grzecznym „Halo".

– Navarro, wytłumacz się – rzekł Abe Coopersmith.

Sam westchnął:

– Dzień dobry, szefie.

– Właśnie mi nagadał Yeats z Zabójstw. Nie powinienem ci tego mówić, Sam. Zostaw tę Cormier w spokoju.

– Ma pan rację, szefie. Nie powinien pan mi tego mówić. Ale pan powiedział.

– Jest coś między wami?

– Uważałem, że jest zagrożona. Musiałem działać.

– Gdzie ona jest teraz?

Sam zawahał się.

– Jest tutaj – przyznał. – U mnie w domu.

– Cholera.

– Ktoś nas wczoraj śledził. Pomyślałem, że to nie jest rozsądne, żeby zostawić ją samą. Bez ochrony.

– I zabrałeś ją do domu? Gdzie twój zdrowy rozsądek?

Nie wiem, pomyślał Sam. Zgubił się, kiedy popatrzyłem w duże brązowe oczy Niny Cormier.

– Tylko mi nie mów, że coś was łączy. Tylko mi tego nie mów – powiedział Abe Coopersmith.

– Nic nas nie łączy.

– I niech tak zostanie. Bo Yeats chce, żeby przyjechała na przesłuchanie.

– W sprawie śmierci Roberta Bledsoe? Yeats szuka po omacku. Ona o niczym nie wie.

– Chce ją przesłuchać. Przywieź ją. Za godzinę.

– Ma żelazne alibi...

– Przywieź ją, Navarro.

Abe Coopersmith odłożył słuchawkę. Nie ma wyjścia. Nie chciał tego robić, ale musi oddać Ninę w ręce chłopaków z Zabójstw. Ich przesłuchanie może być brutalne, ale to ich praca. Jako glina nie mógł im w tym przeszkodzić.

Poszedł z ociąganiem do sypialni i zapukał. Kiedy nie odpowiadała, ostrożnie otworzył drzwi i zajrzał do środka.

Spała jak kamień, z włosami rozrzuconymi na poduszce jak czarny, wspaniały wachlarz. Jej widok leżącej spokojnie w jego łóżku sprawił, że wypełniła go tęsknota, tak intensywna, że musiał schwycić za klamkę, by się nie zachwiać. Dopiero gdy ją w sobie zdusił, odważył się wejść do pokoju.

Obudziła się przy pierwszym, lekkim potrząśnięciu za ramię. Oszołomiona, popatrzyła na niego łagodnie jak dziecko, tak że musiał odkaszlnąć, żeby głos mu nie zadrżał.

– Musisz wstać – powiedział. – Detektywi z Wydziału Zabójstw chcą z tobą rozmawiać.

– Kiedy?

– Za godzinę. Masz czas, żeby wziąć prysznic. Kawa gotowa.

Popatrzyła tylko na niego ze zdumieniem. I nic dziwnego. W nocy obejmowali się jak kochankowie, a rano on zachowuje się jak obcy człowiek. Popełnił błąd, że wszedł do niej do pokoju. Powinien stworzyć dystans pomiędzy nimi.

– Jestem pewien, że będzie to rutynowe przesłuchanie. Ale jeżeli uważasz, że potrzebny jest adwokat...

– Po co mi adwokat?

– To nie byłby zły pomysł.

– Nie potrzebuję adwokata. Nic nie zrobiłam.

Spojrzała na niego wyzywająco. Chciał bronić jej praw, a ona źle go zrozumiała i uznała to za oskarżenie.

– Będą na nas czekać – oznajmił i wyszedł z pokoju.

Kiedy brała prysznic, spróbował sklecić śniadanie, ale miał tylko zamrożoną bagietkę i pudełko starych płatków śniadaniowych. Spiżarnia i lodówka wyglądały żałośnie; stan kawalerski wyzierał z każdego kąta i Sam wcale nie był z tego dumny. Zniechęcony wyszedł na dwór po gazetę, którą zostawiano w skrzynce na końcu podjazdu. Wracał już do domu, gdy nagle coś przykuło jego uwagę.

Odcisk stopy. Lub raczej ślady stóp w miękkiej ziemi, wzdłuż okien pokoju dziennego, które znikały w lesie. Męskie buty, z grubą podeszwą. Rozmiar jedenasty, może większe.

Spojrzał w kierunku domu i zastanowił się, co też ten mężczyzna ostatniej nocy mógł zobaczyć. Tylko ciemności? Czy Ninę, ruchomy cel?

Podszedł do samochodu i metodycznie obejrzał go od zderzaka do zderzaka. Nie znalazł żadnych niepokojących śladów. Widocznie zwariował. Może te ślady nic nie znaczą.

Wrócił do środka, kiedy Nina kończyła już pić kawę. Twarz miała zaróżowioną, a włosy jeszcze mokre.

– Co się stało? – zapytała.

– Nic. Wszystko w porządku.

Wyjrzał przez okno i pomyślał, że ten dom stoi na odludziu. Jakim łatwym celem dla zabójcy są te okna.

– Musimy jechać.

Powinnam była posłuchać rady Sama. Wziąć adwokata. Przeleciało jej to przez myśl, gdy na policji usiadła naprzeciwko trzech detektywów. Byli uprzejmi, ale wyczuwała ich ledwo ukrytą napastliwość. Szczególnie detektyw Yeats kojarzył się jej z atakującym psem – jeszcze na smyczy.

Popatrzyła na Sama, mając nadzieję na odrobinę wsparcia moralnego. Nic. Podczas przesłuchania nawet na nią nie spojrzał. Stał sztywno przy oknie i patrzył na coś odległego. Przywiózł ją tutaj, a teraz zostawił. To glina, jasne, że musi spełnić swój obowiązek. A teraz gra swoją rolę na całego.

– To wszystko, co wiem – oświadczyła, patrząc na Yeatsa. – Nic więcej nie przychodzi mi do głowy.

– Była pani jego narzeczoną. Jeżeli ktoś coś wie, to tylko pani.

– Nie. Nawet mnie tam nie było. Zapytajcie Danielli...

- Zapytaliśmy. Potwierdza pani alibi – przyznał niechętnie Yeats.

- To dlaczego bez przerwy zadajecie mi te same pytania?

- Bo morderstwo nie musi być popełnione osobiście – wyjaśnił jeden z policjantów.

Yeats pochylił się ku niej i przymilnie rzekł:

- To musiało być dla pani strasznie upokarzające, żeby tak zostać pod ołtarzem. Cały świat się dowiedział, że on pani nie chce. – Milczała. – Mężczyzna, któremu pani ufa. Którego pani kocha. Całe tygodnie, może miesiące, oszukuje panią. Prawdopodobnie śmieje się za pani plecami. Taki człowiek nie zasługuje na kobietę taką jak pani. Ale pani i tak go kocha. A on sprawia pani tylko ból.

Opuściła głowę i dalej nic nie mówiła.

- Niech pani powie, Nino. Nie chciała się pani mu odwdzięczyć? Sprawić mu choć trochę bólu?

- Nie, nie w ten sposób – wyszeptała.

- Nawet kiedy dowiedziała się pani, że panią zdradza? Nawet wtedy, kiedy okazało się, że w dodatku z pani macochą?

Popatrzyła ostro na Yeatsa.

- To prawda. Daniella się przyznała. Od jakiegoś czasu się spotykali, kiedy była pani w pracy. Nie wiedziała pani?

Nina w ciszy potrząsnęła głową.

- Myślę, że może jednak pani wiedziała. Dowiedziała się sama. Lub może od niego.

- Nie.

- Jak się pani poczuła? Skrzywdzona? Wściekła?

- Nie wiedziałam.

– Wściekła na tyle, żeby się zemścić? Znaleźć kogoś, kto zrobi to za panią?

– Nie wiedziałam!

– To nie do wiary, Nino. Oczekuje pani, że uwierzymy na słowo, że nic pani nie wiedziała?

– Nie!

– Wiedziała pani. To pani...

– Dość – wtrącił Sam. – Co ty chcesz osiągnąć, Yeats?

– Wykonuję swoją pracę.

– Nękasz ją. Przesłuchujesz bez adwokata.

– Po co jej adwokat? Twierdzi, że jest niewinna.

– Jest niewinna.

Yeats, zadowolony z siebie, popatrzył porozumiewawczo na pozostałych policjantów.

– To chyba oczywiste, Navarro, że nie możesz już dłużej uczestniczyć w tym śledztwie.

– To nie leży w twoich kompetencjach.

– Abe Coopersmith mnie upoważnił.

– Yeats, nic mnie to nie obchodzi...

Odpowiedź Sama zagłuszył brzęczyk kieszonkowego pagera. Zirytowany go wyłączył.

– Jeszcze nie skończyłem – warknął i wyszedł z sali.

– A teraz, panno Cormier – zaczął Yeats, z którego twarzy zniknęły wszelkie ślady przychylności, a pojawił się uśmieszek rottweilera z paszczą pełną zębów jak brzytwy – wróćmy do naszej rozmowy.

Wzywał go Ernie Takeda z laboratorium kryminalistycznego, a kod na pagerze wskazywał, że wiadomość jest pilna. Oddzwonił natychmiast.

Musiał wykręcić numer kilka razy; linia była zajęta. Kiedy zwykle opanowany Ernie w końcu odpowiedział, w jego głosie brzmiała niespotykana u niego nuta podekscytowania.

– Mamy coś dla ciebie, Sam. Coś, co cię uszczęśliwi.

– Dobra. Uszczęśliwiaj mnie.

– Odcisk palca. Częściowy, z jednego z fragmentów zapalnika bomby w magazynach. Może wystarczyć do identyfikacji naszego bombiarza. Wysłałem już wydruk odcisku do Krajowego Centrum Identyfikacji. Przepuszczenie go przez system zajmie im kilka dni. Bądź cierpliwy. I miej nadzieję, że nasz bombiarz jest w jakiejś kartotece.

– Masz rację, Ernie. Uczyniłeś mnie szczęśliwym człowiekiem.

– I jeszcze jedno. Ta bomba w kościele.

– Tak?

– Zapalnik był w ozdobnym papierze ze wstążką. Miał zadziałać przy otwieraniu. Włączył się za wcześnie. Pewnie jakieś zwarcie.

– Wspomniałeś o ozdobnym papierze.

– Tak. Srebrnobiały papier.

Ozdobne opakowanie na ślub, pomyślał Sam, przypominając sobie prezent dostarczony tego ranka do kościoła. Jeżeli bomba miała eksplodować przy otwieraniu, nie było już wątpliwości, kim miały być ofiary.

Ale dlaczego mordować Ninę? – zastanawiał się, wracając do sali przesłuchań. Czy można całą tę sprawę przypisać zazdrości jednej kobiety? Daniella Cormier miała motyw, ale czy posunęłaby się tak daleko, by wynająć bombiarza?

Czegoś tu nie rozumiał.

Otworzył drzwi i stanął jak wryty. Trzech detektywów z Zabójstw siedziało nadal przy stole. Nina znikła.

– Gdzie ona jest?

– Wyszła. – Yeats wzruszył ramionami.

– Co?

– Znudziły się jej nasze pytania, więc wyszła.

– Pozwoliliście jej wyjść?

– Nie przedstawiliśmy jej żadnego oskarżenia. Sugerujesz, Navarro, że powinniśmy?

Odpowiedź Sama nie nadawała się do powtórzenia. Z nagłym uczuciem niepokoju zostawił Yeatsa i pobiegł do drzwi wejściowych. Stanął na chodniku i rozejrzał się w obie strony. Nigdzie jej nie dostrzegł.

Ktoś próbuje ją zabić, myślał, kierując się w stronę samochodu. Muszę znaleźć ją pierwszy.

Z telefonu w aucie zadzwonił do domu ojca Niny. Nie było jej tam. Zadzwonił do domu Roberta. Nikt nie odpowiedział. Zadzwonił do domu Lydii Warrenton. Tam też jej nie było. Coś przeczuwając, pojechał jednak do domu Lydii na Cape Elizabeth. W trudnej sytuacji ludzie często uciekają do domu, szukając pociechy.

Zastał Lydię w domu.

– Nie rozmawiałam z nią od wczoraj rano – oznajmiła, wprowadzając Sama do pokoju z widokiem na ocean. – Jestem przekonana, że nie przyjechałaby tutaj.

– Czy nie wie pani, do kogo mogłaby się zwrócić?

Lydia potrząsnęła głową.

– Obawiam się, że nie jesteśmy sobie bliskie. Nigdy nie byłyśmy. No, nie była najłatwiejszym dzieckiem.

– Co pani ma na myśli?

Lydia usiadła na białej kanapie. Jej jedwabny garnitur stanowił dramatyczną plamę na bladych poduszkach.

– Wiem, że zabrzmi to okropnie, ale zawiodłam się na Ninie. Stworzyliśmy jej tak wiele możliwości. Na przykład mogła uczyć się za granicą. W szkole w Szwajcarii. Jej siostra Wendy była tam i wiele skorzystała. Ale Nina nie chciała wyjechać. Uparła się, że zostanie w domu. A inne sprawy? Chłopcy, których przyprowadzała do domu. Te śmieszne ubrania, które nosiła. Mogła tak wiele zrobić ze swoim życiem, a niczego nie osiągnęła.

– Zdobyła wykształcenie pielęgniarskie.

Lydia wzruszyła ramionami.

– Jak tysiące innych dziewczyn.

– Ona nie jest inną dziewczyną. Jest pani córką.

– I dlatego oczekiwałam od niej więcej. Jej siostra mówi w trzech językach, gra na fortepianie i wiolonczeli. Wyszła za prawnika, który oczekuje na wysokie stanowisko. A Nina... – Westchnęła. – Żeby siostry tak się różniły...

– A może kochała pani każdą z nich inaczej.

Odwrócił się i wyszedł z pokoju.

– Panie Navarro! – usłyszał jej wołanie już przy drzwiach frontowych. Odwrócił się. Lydia była tak zadbana i elegancka, że zdawała się nierealna. Niedotykalna.

Zupełnie inaczej niż Nina.

– Myślę, że myli się pan co do mnie i mojej córki.

– Czy to ma jakieś znaczenie?

– Chciałabym, żeby pan zrozumiał, że zrobiłam wszystko, co mogłam w tych okolicznościach.

– Ona też – odparł Sam i wyszedł z domu.

Już w samochodzie zastanowił się, dokąd jechać. Następna runda telefonów nie przyniosła nic nowego. Gdzie, u licha, ona jest? Zaraz, zaraz, a to jej nowe mieszkanie? Mówiła, że jest przy Taylor Street. Pewnie nie ma tam jeszcze telefonu, musi więc pojechać. Po drodze myślał o tym, co powiedziała mu Lydia Warrenton. Jak musiała się czuć Nina, dorastając jako czarna owca, nielubiane dziecko. Zawsze w tarapatach, przy dezaprobacie mamusi. Sam miał to szczęście, że matka zaszczepiła w nim poczucie własnej wartości.

Teraz rozumiał, dlaczego chciała poślubić Roberta. Ślub z Robertem Bledsoe spotkałby się z wielką aprobatą matki. Ale nawet to okazało się katastrofą.

Kiedy znalazł się przed apartamentowcem Niny, był już wściekły. Na Lydię, George'a Cormiera i korowód jego żon, na całą rodzinę Cormierów za zrujnowanie poczucia własnej wartości u tej małej dziewczynki.

Zastukał do drzwi mocniej, niż było trzeba.

Nikt nie otworzył. Tutaj też jej nie ma.

Gdzie jesteś, Nino? Już miał wracać, kiedy instynktownie nacisnął klamkę. Drzwi nie były zamknięte na klucz.

Popchnął je i zawołał:

– Nina?

Nagle jego wzrok skoncentrował się na druciku cienkim jak włos. Był prawie niewidoczny, cieniutka srebrna niteczka okalająca framugę i biegnąca do sufitu. O mój Boże...

Błyskawicznie odskoczył do tyłu i rzucił się w bok, na schody. Siła eksplozji uderzyła w otwarte drzwi i wyrwała ścianę, niosąc za sobą czarną chmurę drewna i gruzu.

Ogłuszony, oszołomiony podmuchem, leżał na twarzy, a z sufitu padał na niego deszcz kawałków rumowiska.

ROZDZIAŁ ÓSMY

– Człowieku – mruknął Gillis – ale dałeś czadu.

Stali na zewnątrz, za żółtą taśmą policyjną, i czekali na resztę ekipy. Dom, czyli to, co z niego zostało, przeszukano, lecz nie znaleziono innych ładunków. Teraz miał wkroczyć Ernie, który podzielił plan budynku na kwadraty i wręczając torebki plastikowe na dowody rzeczowe swoim pracownikom, przydzielał im jednocześnie indywidualne zadania.

Sam wiedział już, co znajdą. Osad z dynamitu produkcji zakładów Duponta. Kawałki dwucalowej zielonej taśmy izolacyjnej. Lont firmy Prima. To samo, co w kościele i magazynach. I w każdej innej bombie skonstruowanej przez nieżyjącego Vincenta Spectre'a.

Kto jest twoim następcą, Spectre? – zastanawiał się Sam. Komu powierzyłeś sekrety swojego rzemiosła? Dlaczego Nina Cormier jest na muszce?

W głowie mu pulsowało od tych pytań. Ciągle jeszcze był pokryty kurzem, policzek miał posiniaczony i spuchnięty i prawie nie słyszał na lewe ucho. Ale nie mógł narzekać: przeżył. Nina nie miałaby tyle szczęścia.

– Muszę ją znaleźć – oznajmił. – Zanim on to zrobi.

– Sprawdziliśmy znowu u rodziny – odrzekł Gillis. – U ojca, matki, siostry. Nigdzie się nie pokazała.

– Gdzie, do cholery, mogła pojechać? – Sam zaczął nerwowo chodzić wzdłuż policyjnej taśmy.

– Wychodzi z posterunku, łapie taksówkę albo autobus. I co potem?

– Kiedy moja żona jest wściekła, idzie na zakupy – podpowiedział Gillis uczynnie.

– Dzwonię jeszcze raz do rodziny.

Sam poszedł w kierunku swojego wozu i już miał sięgnąć przez okno po słuchawkę, gdy nagle skupił wzrok na skraju tłumu. Na końcu ulicy zauważył drobną ciemnowłosą postać. Mimo odległości odczytał na jej bladej twarzy strach i szok.

– Nina – rzekł pod nosem i rzucił się w jej kierunku, rozpychając tłum. – Nina!

Widziała, jak walczy, by się do niej przedostać. Teraz i ona zanurzyła się w tłumie gapiów i rozpaczliwie starała się do niego dotrzeć. Odnaleźli się i padli sobie w ramiona.

Wzdrygnął się, kiedy zdał sobie sprawę, że wokół jest pełno napierających na nich ludzi.

– Zabieram cię stąd – oświadczył.

Przyciskając ją mocno do swojego boku, poprowadził w kierunku samochodu. Cały czas omiatał wzrokiem twarze, wypatrując gwałtownych ruchów. Dopiero kiedy wepchnął ją bezpiecznie do taurusa, odetchnął z ulgą.

– Gillis! – zawołał. – Przejmujesz dowodzenie!

– Dokąd jedziesz?

– Zabieram ją w bezpieczne miejsce.

– Ale...

Sam nie odpowiedział. Uruchomił samochód i odjechał. Nina patrzyła na jego pokiereszowaną twarz, pył na włosach.

– O Boże, Sam – wyszeptała. – Jesteś ranny...

– Trochę głuchy na jedno ucho, ale poza tym w porządku.

Wyraźnie mu nie uwierzyła.

– Padłem, zanim nastąpił wybuch. Detonator miał pięciosekundowy opóźniacz, uruchamiany przez otwarcie drzwi. – Urwał i dodał spokojnie: – To było dla ciebie.

Nie odpowiedziała, lecz on wszystko wyczytał w jej oczach. Ta bomba nie była pomyłką, przypadkowym atakiem. Nina musi w końcu przyznać, że jest celem.

– Badamy poszlaki. Yeats ma przesłuchać jeszcze raz Daniellę, ale to chyba ślepy zaułek. Mamy częściowy odcisk palca z wybuchu w magazynach, czekamy na identyfikację. Do tego czasu musimy chronić twoje życie. A to znaczy, że musisz współpracować. I robić to, co ci mówię. – Westchnął z rezygnacją i mocniej złapał za kierownicę. – To nie było mądre, Nino. To, co dziś zrobiłaś.

– Byłam wściekła. Miałam dosyć tych gliniarzy.

– Więc uciekłaś z posterunku? Nie mówiąc mi, dokąd idziesz?

– Rzuciłeś mnie na pożarcie. Czekałam tylko, aż Yeats zakuje mnie w kajdanki. Podałeś mu mnie na tacy.

– Nie miałem wyboru. I tak by cię przesłuchał.

– On uważa, że jestem winna. A ponieważ jest tego pewien, pomyślałam, że ty też masz wątpliwości.

– Nie mam – odparł szczerze. – A po tej ostatniej bombie i Yeats nie będzie ich miał. Jesteś celem.

Przed sobą mieli zjazd na drogę stanową numer 95.

– Dokąd jedziemy?

– Wyjeżdżamy z miasta. Portland nie jest dla ciebie bezpieczny. Mam dla ciebie kemping dla wędkarzy nad jeziorem Coleman. Bywam tam od kilku lat. Warunki spartańskie, ale możesz tam zostać tak długo, jak będzie trzeba.

– Nie zostaniesz ze mną?

– Mam robotę, Nino. Inaczej nie znajdę odpowiedzi.

– Oczywiście, masz rację – rzekła cicho. – Czasami zapominam, że jesteś gliną.

Stał w tłumie po drugiej stronie ulicy i przyglądał się technikom biegającym z torebkami na dowody i notesami. Sądząc po ilości stłuczonego szkła i gruzie zalegającym na ulicy, wybuch musiał być naprawdę imponujący. Ale tak to przecież zaplanował.

Szkoda, że Nina Cormier jest jeszcze żywa.

Dostrzegł ją chwilę wcześniej, jak eskortował ją przez tłum ten detektyw, Sam Navarro. Rozpoznał go od razu. Przez lata śledził jego karierę, czytał wszystkie wiadomości na temat Wydziału ds. Bomb. Wiedział też o Gordonie Gillisie i Erniem Takedzie. To są przeciwnicy, a dobry żołnierz zna swojego przeciwnika.

Navarro pomógł kobiecie wsiąść do samochodu. Był nadzwyczaj opiekuńczy, a przecież romanse w pracy nie były w jego stylu. Tacy gliniarze jak on powinni być profesjonalistami. Co jest z pracownikami państwowymi w dzisiejszych czasach?

Navarro i kobieta odjechali. Nie ma sensu jechać za nimi; nadarzy się inna okazja. Teraz musi zrobić coś jeszcze. I ma tylko dwa dni, żeby wszystko skończyć.

Poprawił rękawiczki i opuścił tłum niezauważony.

Billy Binford był szczęśliwy. Nawet uśmiechał się do adwokata siedzącego za szybą z pleksiglasu.

– Wszystko będzie w porządku, Darien – powiedział. – Załatwione. Przygotuj się do negocjowania ugody. I wydostań mnie stąd, ale szybko.

Darien potrząsnął głową.

– Mówiłem ci, Liddell nie ma ochoty na żadne ugody. Chce zyskać punkty za twój wyrok.

– Darien, Darien. Nie masz w sobie wiary.

– Ale zdrowo oceniam rzeczywistość. Liddell chce awansu. I dlatego musisz dostać wyrok.

– Nikt tu nie dostanie żadnego wyroku. Nie po sobocie.

– Co?

– Ja nic nie mówiłem! Wierz mi, Liddell to nie problem.

– Nie chcę nic wiedzieć. Nic mi nie mów.

Billy popatrzył na adwokata z mieszaniną litości i rozbawienia.

– Wiesz co? Jesteś jak ta małpa z łapami na uszach. Nie chcesz usłyszeć nic złego. Cały ty.

– Tak – zgodził się Darien i smutno zwiesił głowę. – Taki właśnie jestem.

W kominku buzował ogień, ale Nina była przemarznięta. Na zewnątrz zapadał zmierzch, resztki dziennego światła ginęły za wysokimi gęstymi sosnami. Znad jeziora dochodził krzyk nura i niósł się dalej echem. Nigdy nie bała się lasu, ciemności czy samotności. Lecz dziś była w strachu i nie chciała, by Sam ją zostawił.

Wrócił do domku z naręczem drewna.

– Powinno ci wystarczyć na kilka dni – powiedział, układając je przy kominku. – Rozmawiałem z Henrym Pearlem i jego żoną. Obozują wyżej. Obiecali wpadać kilka razy dziennie. Znam ich i wiem, że możesz na nich liczyć. W razie czego zastukaj do ich drzwi.

Skończył układać drewno i otrzepał ręce z brudu. Z podwiniętymi rękawami i trocinami na spodniach wyglądał raczej na drwala niż miejskiego policjanta. Wrzucił następne polano do ognia. Płomienie buchnęły w górę z trzaskiem iskier. Odwrócił się, by spojrzeć na nią, ale nie widziała jego ukrytej w cieniu twarzy.

– Tu naprawdę będziesz bezpieczna, Nino. Nie zostawiłbym cię samej, gdybym miał chociaż cień wątpliwości.

Skinęła głową i uśmiechnęła się.

– Nic mi nie będzie.

– W kuchni jest wędka i pudełko z przynętą i haczykami, jeżeli będziesz chciała iść na pstrągi. Możesz nosić wszystko, co znajdziesz w szafie. Nic nie będzie pasowało, ale przynajmniej będzie ci ciepło. Żona Henry'ego przyniesie jutro trochę damskich ciuchów. – Urwał i roześmiał się. – One też nie będą pasować. Jest dwa razy taka jak ja.

– Dam sobie radę, Sam. Nie martw się o mnie.

Zapadła dłuższa cisza. Oboje wiedzieli, że nie ma już nic do dodania, ale nie mogli się ruszyć. Sam rozejrzał się po pokoju, jak gdyby nie chciał stąd odjeżdżać.

– Masz przed sobą długą drogę. Powinieneś coś zjeść przed wyjazdem. Czy mogę ci zaproponować kolację? Powiedzmy, makaron z serem dla koneserów sztuki kulinarnej?

– Wszystko, tylko nie to – rzekł z uśmiechem.

Przejrzeli w kuchni zakupy, które zrobili po drodze. Wkrótce na małym stoliku kempingowym znalazł się omlet z pieczarkami, bagietka i butelka wina. Elektryczność nie dotarła jeszcze do tej części jeziora, więc jedli przy świetle lampy naftowej. Zmierzch przerodził się w ciemność z akompaniamentem świerszczy.

Obserwowała go w słabym świetle lampy i nie mogła oderwać wzroku od poranionego policzka. Jak blisko śmierci znalazł się tego popołudnia! Ale przecież taką wykonuje pracę, cały czas bierze na siebie ryzyko. Bomby. Śmierć. Zwariowany gliniarz, pomyślała. I ja też chyba zwariowałam, bo prawdopodobnie się w nim zakochałam.

Wypiła łyk wina, cały czas świadoma jego obecności. I tego, jaki jest pociągający – tak mocno, że zapomniała o jedzeniu. Musiała sobie przypomnieć, że po prostu wykonuje swoją pracę, że dla niego jest tylko kawałkiem układanki, ale wyobraziła sobie inne kolacje, inne wieczory, które mogliby spędzić razem. Tutaj, nad jeziorem. Światło świec, śmiech. Dzieci. Dobrze by sobie radził z dziećmi. Byłby cierpliwy i delikatny, taki jak dla niej.

Skąd to wiem? Śnię. Fantazjuję, pomyślała.

Sięgnęła przez stół, aby dolać mu wina.

Nakrył ręką kieliszek.

– Muszę wracać.

– Ach tak, oczywiście.

Nerwowo odstawiła butelkę. Złożyła i rozłożyła serwetkę. Nie rozmawiali i nie patrzyli na siebie przez całą minutę. Przynajmniej ona nie patrzyła.

Ale kiedy w końcu podniosła wzrok, zobaczyła, że na nią patrzy. Nie jak policjant na świadka czy kawałek układanki. Patrzy na nią jak mężczyzna na kobietę, której pragnie.

– Muszę jechać – mruknął.

– Wiem.

– Zanim zrobi się za późno.

– Jest jeszcze wcześnie.

– Jestem potrzebny, w mieście.

Przygryzła wargę i nie odpowiedziała. On ma rację, oczywiście. Miasto go potrzebuje. Wszyscy go potrzebują. Ona jest tylko drobnym szczególikiem, którym musiał się zająć. Teraz, kiedy została już ukryta, on może wrócić do swoich prawdziwych spraw, prawdziwych problemów.

Ale wygląda na to, że wcale nie chce mu się jechać. Nie ruszał się z krzesła, dalej na nią patrzył. W końcu odwróciła wzrok i nerwowo chwyciła za kieliszek. Zdziwiła się, kiedy złapał ją za rękę. Bez słowa odstawił kieliszek. Podniósł jej dłoń, wewnętrzną częścią do góry, i pocałował delikatnie w nadgarstek. Muśnięcie warg, pieszczota oddechu, co za słodka tortura. Jeżeli całowanie jednego centymetra kwadratowego jej skóry sieje w niej takie spustoszenie, to co mógłby zrobić z resztą?

Zamknęła oczy i wydała cichy delikatny jęk.

– Nie chcę, żebyś jechał – wyszeptała.

– To nie jest dobry pomysł. Żebym został.

– Dlaczego?

– Dlatego. – Znowu pocałował jej nadgarstek. – I dlatego. – Jego wargi powędrowały wyżej, a broda rozkosznie drażniła jej wrażliwą skórę. – To błąd. Wiesz o tym. I ja wiem.

– Cały czas popełniam błędy, i nie zawsze ich żałuję.

Zobaczył w jej oczach i strach, i odwagę. Niczego już przed nim nie ukrywała, mógł w nich wyczytać wszystko.

Wstał od stołu. I ona też. Przyciągnął ją do siebie, wziął jej twarz w dłonie i pochylił się nad jej ustami. Pocałunek, słodki od wina i pożądania, sprawił, że nogi się pod nią ugięły. Straciła na moment równowagę i objęła go ramionami. Zanim zdołała odzyskać oddech, znów ją mocno pocałował. Ręka Sama ześliznęła się do jej talii, potem bioder. Nie musiał jej przygarniać do siebie; i tak czuła, że jest gotowy. I to ją jeszcze bardziej podnieciło.

– Powinniśmy przestać... – Oddech Sama stał się ciężki.

Odpowiedziała mu pocałunkiem, w którym utonęły wszelkie słowa. Porozumiewały się tylko ciała.

Obydwoje gorączkowo zdejmowali swoje ubrania, żądni dotyku nagiej skóry. Najpierw spadł sweter Niny, a potem jego koszula. Spleceni przenieśli się do drugiego pokoju, gdzie z kominka nie bił już żar, tylko ciepła poświata. Ciągle ją całując, Sam zerwał z kanapy futrzaną narzutę i rzucił na podłogę przy palenisku. W migoczącym świetle gasnącego ognia uklękli naprzeciwko siebie. Nina była głodna jego dotyku, który sprawiał, że czuła się słaba. Zdobyta. Jej ciało było w stanie płynnym, roztapiało się.

– Marzyłem o tobie – wyszeptał. – Wczoraj w nocy, u mnie w domu, marzyłem, żeby wziąć cię w ramiona. Dotykać cię tak jak teraz. Ale kiedy się obudziłem, powiedziałem sobie, że to niemożliwe. Że to czysta fantazja. Tęsknota. Ale nie powinienem...

– Chcę ciebie. Chcę, żebyśmy...

– Ja też cię pragnę. Ale boję się, że będziemy tego żałować.

– To pożałujemy potem. Dziś jesteśmy tylko ty i ja.

Pocałował ją. Była gotowa, ale nie chciał się spieszyć. Chciał, aby ta chwila trwała. Kiedy ukląkł przy niej, nie mogła powstrzymać uczucia podziwu. Jaki on jest wspaniały. Nie tylko ciałem, ale i duchem. W jego oczach widziała ciepło i opiekuńczość. Wcześniej to wszystko przed nią ukrywał, pod tą maską twardego gliny. Teraz nie chował już nic.

I ona niczego nie skrywała. Zbyt pogrążyła się w narastającej rozkoszy, by pomyśleć o skromności czy wstydzie.

– Proszę – wyszeptała. – Och, Sam, proszę...

Dopiero gdy doszła do krawędzi, doprowadził ją i siebie do szczytu. A kiedy do niego dotarła, spadła w przepaść tym cudownym wolnym lotem, nie sama, bo spadali razem, by wylądować miękko i łagodnie.

W jego ramionach zasnęła, ciepła i bezpieczna.

Później, dużo później obudził ją chłód nocy. Ogień wygasł i chociaż zawinęła się w futrzak, drżała z zimna. Była sama. Otuliła się ciaśniej i wyjrzała przez okno. W bladym świetle księżyca zobaczyła, że samochód Sama zniknął.

Już za nim tęsknię, pomyślała. Jego brak odczuwała jak głęboki ciemny wir. Poszła do sypialni i wśliznęła się pod koce, ale nadal dygotała. Kiedy odjechał, zabrał ze sobą całe ciepło. Całą radość.

Przestraszyło ją, że tak mocno odczuwa jego nieobecność. Nie miała zamiaru zakochać się, nie może sobie na to pozwolić. To, czego doświadczyli dziś w nocy, to przyjemność. Radość z ciała drugiego człowieka. Jako kochanek był cudowny. Ale do prawdziwej miłości się nie nadaje. Nic dziwnego, że uciekł w nocy jak złodziej. Wiedział, że to był błąd, tak jak ona. A teraz pewnie żałuje tego, co się stało. Zagrzebała się głębiej w koce i czekała na sen lub na świt – co przyjdzie pierwsze. Co złagodzi brak Sama. Ale noc, zimna i samotna, ciągnęła się w nieskończoność.

To był błąd. Głupi, kretyński błąd. Przez całą drogę powrotną do Portlandu długą ciemną autostradą Sam zadawał sobie pytanie, jak mógł pozwolić, żeby to się stało.

Jakby nic nie wiedział. Ciągnęło ich do siebie od pierwszej chwili, kiedy się spotkali. Chciał to zwalczyć, przypominał sobie, że jest gliną, a Nina ważnym ogniwem w śledztwie. Dobrzy policjanci nie wpadają w taką pułapkę.

Uważał siebie za dobrego policjanta. Teraz wie, że był zbyt ludzki, że Nina była pokusą, której nie mógł się oprzeć, i że śledztwo na pewno ucierpi, ponieważ on stracił obiektywizm. Nie tylko ucierpi śledztwo, ale on też. Było naturalne, że wystraszona Nina zwróci się w stronę swojego obrońcy. Powinien był trzymać się od niej z daleka. Niestety...

O pierwszej nad ranem był już z powrotem w mieście. Pół godziny później siedział przy swoim biurku, nadrabiając zaległości w czytaniu wstępnych raportów od Erniego. Tak jak podejrzewał, bomba w mieszkaniu Niny była podobna do tych, które wybuchły w kościele i magazynach. Jedyną różnicę stanowił sposób detonacji. W magazynie był to prosty włącznik czasowy. W kościele bomba w paczce miała wybuchnąć podczas otwierania. Mieszkanie Niny było okablowane i miało wylecieć w powietrze po otwarciu drzwi. Bombiarz jest facetem wszechstronnym. Potrafi spowodować eksplozję na różne sposoby. Umie zróżnicować mechanizm w zależności od sytuacji i to czyni go niezwykle niebezpiecznym.

Pojechał do domu o piątej rano, złapał dwie godziny snu i wrócił na posterunek o ósmej, na odprawę.

Na twarzach osób siedzących wokół stołu konferencyjnego widać było napięcie, co nie mogło dziwić przy trzech bombach w ciągu dwóch tygodni. Gillis wyglądał na zmarnowanego, Abe Coopersmith był drażliwy, i nawet zwykle pozbawiony emocji Ernie okazywał irytację. Jedną z jej przyczyn była obecność dwóch agentów federalnych z Wydziału ds. Alkoholu, Tytoniu i Broni. Obaj mieli miny poważnych ekspertów odwiedzających Kozią Wólkę.

Ale najbardziej ich denerwowała obecność wielce szanownego prokuratora okręgowego i cholernego palanta, Norma Liddella, który wymachiwał porannym wydaniem „New York Timesa".

– Spójrzcie na tytuły! – krzyczał. – „Portland w stanie Maine stolicą zamachów bombowych"? Nowy Jork mówi to o nas? O nas? – Rzucił gazetę na stół. – Co się, do cholery, dzieje w tym mieście? Kim jest ten bombiarz?

– Możemy podać prawdopodobny profil psychologiczny – odpowiedział jeden z agentów.

– Jest białym mężczyzną, inteligentnym...

– Wiem już, że jest inteligentny! – szczeknął Liddell. – Sto razy inteligentniejszy od nas. Nie potrzebuję żadnych profili psychologicznych. Chcę wiedzieć, kim jest. Czy ktoś ma choć blade pojęcie o jego tożsamości?

Przy stole zapadła cisza. Po chwili Sam Navarro powiedział:

– Wiemy, kogo chce zabić.

– Masz na myśli tę Cormier? – prychnął Liddell.

– Jak dotąd nikt nie wpadł na to, dlaczego ona jest celem.

– Ale ona nas doprowadzi do bombiarza.

– A te bomby w magazynach? – zapytał Abe Coopersmith. – Jaki właściwie mają związek z Niną Cormier?

– Tego nie wiem – przyznał Sam z ociąganiem.

– Na pewno ludzie Billy'ego Binforda zlecili podłożenie ładunków w magazynach – zasugerował Liddell. – To logiczne posunięcie z jego strony. Zastraszyć świadka oskarżenia. Czy ta Cormier ma jakiś związek z Binfordem?

– Wie o nim tylko z gazet – odrzekł Sam. – Nie ma żadnych powiązań.

– A jej rodzina? Łączy ich coś z Binfordem?

– Nie, też nie – odparł Gillis. – Sprawdziliśmy finanse całej rodziny. Ojca Niny Cormier, matki, ojczyma, macochy. Żadnych powiązań z Binfordem. Jej narzeczony też był czysty.

Liddell opadł na oparcie krzesła.

– Coś się szykuje. Czuję to. Binford planuje coś większego.

– Skąd wiesz? – zapytał Abe Coopersmith.

– Mam swoje źródła. – Liddell potrząsnął głową z obrzydzeniem. – Wreszcie wsadziłem Bałwana za kratki, a on dalej pociąga za sznurki i ma w nosie aparat sądowy. Jestem przekonany, że bomba w magazynach to taktyka zastraszenia. Próbuje zastraszyć wszystkich moich świadków. Jeżeli nie doprowadzę do wyroku skazującego, za kilka miesięcy będzie na wolności. I wtedy będzie ich straszył osobiście.

– Ale są duże szanse, że zostanie skazany – zapewnił go Abe Coopersmith. – Masz wiarygodnych świadków, dane o przepływach finansowych. I praworządnego sędziego.

– Mimo tego – odrzekł Liddell – Binford mataczy. Ma coś w zanadrzu. Chciałbym wiedzieć co. – Spojrzał na Sama. – Gdzie ukrywasz Ninę Cormier?

– W bezpiecznym miejscu.

– To tajemnica państwowa, czy co?

– W tych okolicznościach wolałbym, żeby znał ją tylko Gillis i ja. Jeżeli macie pytania do Niny, mogę je zadać.

– Chcę tylko wiedzieć, jaki jest jej związek z bombami. Dlaczego Bałwan chce ją zamordować.

– Może to nie ma związku z Binfordem – zasugerował Sam. – On jest w więzieniu, a my mamy do czynienia z kimś innym. Bombiarzem.

– Dobrze. Więc znajdź mi go – warknął Liddell – zanim będą mówić, że Portland to amerykański Bejrut. – Wstał z krzesła, by zasygnalizować koniec odprawy. – Proces Binforda zaczyna się za miesiąc. Nie życzę sobie, aby moi świadkowie byli zastraszani przez następne bomby. Macie złapać faceta, zanim rozłoży mi sprawę.

I z tym Liddell majestatycznie odszedł w siną dal.

– Ludzie, rok wyborów to piekło – mruknął Gillis.

Kiedy opuszczali salę, Abe Coopersmith zawołał:

– Navarro, na słówko.

Sam zaczekał, a Abe Coopersmith zamknął drzwi.

– Ty i Nina Cormier. Co się dzieje?

– Potrzebuje ochrony. Pilnuję jej.

– To wszystko, co dla niej robisz?

Sam westchnął ze znużeniem.

– Może... jestem bardziej zaangażowany, niż powinienem.

– Tak przypuszczałem. – Coopersmith potrząsnął głową. – Jesteś na to za cwany, Sam. Taki błąd popełniają żółtodzioby. Nie ty.

– Wiem.

– To może was oboje postawić w groźnej sytuacji. Powinienem wykopać cię ze śledztwa.

– Muszę zostać.

– Z powodu tej kobiety?

– Muszę go złapać. Znajdę go.

– W porządku. Tylko trzymaj się z daleka od Niny Cormier. Nie powinienem ci tego mówić. Jak coś takiego się dzieje, ktoś obrywa. Teraz ona myśli, jaki to z ciebie John Wayne. Ale kiedy wszystko się skończy, zobaczy, że jesteś taki sam jak wszyscy. Nie stawiaj się w tej sytuacji. To niezła laska, ma tatusia z furą szmalu. Nie potrzebuje gliniarza.

Ma rację, pomyślał Sam. Wiem z doświadczenia. Ktoś tu dostanie po tyłku. I to będę ja.

Drzwi sali konferencyjnej otworzyły się nagle i wstawił w nie głowę podniecony Ernie Takeda.

– Nie uwierzycie! – zawołał, machając świstkiem papieru z faksu.

– Co jest? – zapytał Abe Coopersmith.

– Zidentyfikowali odcisk palca z kawałka bomby.

– I?

– Pasuje. To Vincent Spectre.

– Niemożliwe! – wykrzyknął Sam.

Wyrwał Erniemu faks i wlepił w niego wzrok. To, co wyczytał, nie pozostawiało żadnych wątpliwości: identyfikacja jest jednoznaczna.

– To jakieś nieporozumienie – wybąkał Coopersmith. – Znaleźli jego ciało. Spectre nie żyje i został pochowany kilka miesięcy temu.

Sam spojrzał mu w oczy.

– Widocznie nie...

ROZDZIAŁ DZIEWIĄTY

Łódź była stara i zniszczona, ale nie przeciekała, kiedy Nina wypłynęła na jezioro. Było późne popołudnie, po wodzie leniwie sunęła para nurów, niezrażona obecnością samotnej wioślarki. Panowała absolutna cisza, absolutny spokój w ten gorący letni dzień.

Nina skierowała łódź na środek jeziora i tam pozwoliła jej dryfować. Sama położyła się na dnie i wpatrywała w niebo. Widziała nad sobą ptaki i opalizującą w słońcu ważkę. Nagle usłyszała, że ktoś ją woła.

Zerwała się tak szybko, że łódź się zachwiała. Zobaczyła go na brzegu, stał i machał do niej.

Powiosłowała z powrotem. Dlaczego wrócił tak szybko? Wczoraj zniknął bez słowa pożegnania, tak jak mężczyzna zostawia kobietę, której nie chce już nigdy widzieć.

I oto teraz czeka spokojnie na brzegu, patrząc na nią nieprzeniknionym wzrokiem. Nie rozumiała go. Nigdy go nie zrozumie. Doprowadzał ją do szaleństwa, a teraz, gdy pokonywała ostatnie metry wody, czuła, że to słodkie szaleństwo znowu ją ogarnia. Potrzebowała całej siły woli, by je zwalczyć.

Rzuciła mu cumę. Przyciągnął łódź do brzegu i pomógł jej wysiąść. Uścisk jego dłoni na jej ramieniu był cudowny, ale jeden rzut oka na jego twarz rozwiał wszelką nadzieję na to, że przybył tu jako kochanek. To była twarz policjanta, służbowa. To nie ten mężczyzna, który trzymał ją w ramionach.

– Jest coś nowego – oznajmił.

– Co? – zapytała równie chłodno.

– Chyba wiemy, kim jest bombiarz. Chciałbym, żebyś obejrzała kilka zdjęć.

Nina usiadła na kanapie przy kominku – tym samym kominku, który ogrzewał ich poprzedniej nocy – by przejrzeć album ze zdjęciami policyjnymi. Nie palił się i odczuwała zimno, na ciele i duszy. Sam usiadł daleko, nie odzywając się słowem. Patrzył na nią wyczekująco.

Zmusiła się do koncentracji. Oglądała uważnie jedno zdjęcie po drugim, aż doszła do ostatniej strony. Potrząsając przecząco głową, zamknęła album.

– Nie rozpoznaję nikogo – oznajmiła.

– Jesteś pewna?

– Tak. Dlaczego pytasz? Kogo mam rozpoznać?

Jego rozczarowanie było widoczne.

– Popatrz na tę twarz. – Otworzył album na czwartej stronie. – Trzecia od góry, pierwsza kolumna. Widziałaś kiedyś tego człowieka?

Przyjrzała się zdjęciu uważnie, a potem powiedziała:

– Nie, nie znam go.

Sam opadł na oparcie kanapy zniechęcony.

– To nie ma sensu.

Nina, skupiona na fotografii, widziała mężczyznę około czterdziestki, o jasnych włosach, niebieskich oczach i zapadniętych policzkach. Uwagę jej przyciągnęły jego oczy. Wpatrywały się w nią, jak gdyby chciał ją zastraszyć, i paliły jak żywe. Nina bezwiednie zadrżała.

– Kto to jest? – zapytała.

– Nazywa się, nazywał, Vincent Spectre. Metr osiemdziesiąt wzrostu, osiemdziesiąt kilo, czterdzieści sześć lat. Przynajmniej tyle by miał teraz. Gdyby żył.

– A więc nie wiesz, czy żyje?

– Myśleliśmy, że nie.

– Nie macie pewności?

– Już nie.

Sam podniósł się z kanapy. Robiło się zimno; ukląkł przy palenisku i zaczął układać rozpałkę.

– Przez dwanaście lat – zaczął – Vincent Spectre był specjalistą od rozbiórki w wojsku. Potem został zwolniony ze służby. Dyscyplinarnie, za drobne kradzieże. Zbudowanie nowej kariery nie zabrało mu dużo czasu. Został, jak to się mówi, ekspertem. Duży huk, duża kasa. Każdy, kto zapłacił za jego umiejętności, mógł go wynająć. Pracował dla terrorystów, mafii, bossów grup przestępczych w całym kraju. Całymi latami kosił kasę, ale w końcu szczęście go opuściło. Rozpoznano go na filmie z kamery w banku. Aresztowany, skazany, odsiedział tylko rok. Potem uciekł.

Sam podpalił małe kawałki drewna, które z trzaskiem zajęły się ogniem. Położył na wierzchu polano i odwrócił się do Niny.

– Pół roku temu znaleziono szczątki Spectre'a w gruzach, jakie pozostały po jednej z jego bomb w hurtowni. To znaczy, uważano, że to jego szczątki. Teraz okazuje się, że musiał to być ktoś inny. I że Spectre żyje.

– Skąd to wiecie?

– Mamy odcisk jego palca. Znaleziony po wybuchu w magazynach.

– Myślicie, że wysadził też kościół?

– Prawie na pewno. Vincent Spectre próbuje cię zabić.

– Ale ja nie znam żadnego Vincenta Spectre'a! Dotąd nie słyszałam nawet jego nazwiska!

– I nie rozpoznajesz go ze zdjęcia.

– Nie.

Sam wstał. Za nim buzował ogień, pochłaniając polano.

– Pokazaliśmy zdjęcie Vincenta twojej rodzinie. Też go nie rozpoznają.

– To musi być jakaś pomyłka. Nawet jeżeli ten człowiek żyje, nie ma żadnego powodu, żeby mnie zabić.

– Mógł go ktoś wynająć.

– Już to sprawdzaliście. I myśleliście, że to Daniella.

– To dalej jest możliwe. Ona oczywiście zaprzecza. I przeszła pomyślnie test na wykrywaczu kłamstwa.

– Pozwoliła wam zrobić test?

– Tak, zgodziła się.

Nina ze zdumieniem pokręciła głową.

– Musiała być cholernie wkurzona.

– Była bardzo zadowolona, że może dać takie przedstawienie. Każdy facet w Wydziale się za nią obejrzał.

– Aha, jest w tym dobra. Owinęła sobie mojego ojca wokół palca. I Roberta też – dodała Nina cicho.

Sam przemierzał pokój długimi krokami.

– Wracamy więc do Vincenta Spectre'a – powiedział – i do tego, jaki jest jego związek z tobą lub Robertem.

– Powtarzam, nigdy nie słyszałam jego nazwiska. Nie pamiętam też, żeby Robert kiedykolwiek je wymienił.

Sam przystanął przy kominku. Na tle płomieni nie było widać wyrazu jego twarzy.

– Spectre żyje. Skonstruował bombę dla ciebie i Roberta. Dlaczego?

Popatrzyła jeszcze raz na fotografię Vincenta, ale z nikim nie kojarzyła jego twarzy. Oczy, może oczy wydały się jej trochę znajome. Mogła kiedyś już widzieć ich wyraz. Ale nie twarz.

– Powiedz mi o nim więcej – poprosiła.

Sam podszedł do kanapy i usiadł obok Niny. Nie na tyle blisko, by jej dotykać, ale tak, że była świadoma jego obecności.

– Urodził się w Kalifornii. Wstąpił do armii, kiedy miał dziewiętnaście lat. Szybko okazało się, że ma smykałkę do materiałów wybuchowych, i przeszedł szkolenie. Służył podczas konfliktu w Grenadzie i Panamie. Tam stracił palec, próbując rozbroić ładunek terrorystyczny. Mógł wtedy pójść na rentę...

– Zaczekaj. Powiedziałeś, że nie miał palca?

– Tak.

– U której ręki?

– Lewej. Dlaczego pytasz?

Ucichła, nagle coś w jej pamięci ożyło. Brakujący palec. Dlaczego ten obraz był wciąż żywy i tak wyrazisty?

– Czy to był palec środkowy lewej dłoni?

Sam sięgnął po teczkę, przerzucił gorączkowo strony i powiedział:

– Tak. Środkowy lewej dłoni.

– Bez kikuta? Brakowało całego?

– Tak. Musieli amputować do samej kostki. – Przyglądał się Ninie bacznie i z uwagą. – A więc jednak go znasz.

– Nie jestem... pewna. Pamiętam człowieka z amputowanym palcem, lewym środkowym...

– Gdzie go widziałaś?

– W izbie przyjęć. Kilka tygodni temu. Miał na rekach rękawiczki, nie chciał ich zdjąć. Ale musiałam mu sprawdzić tętno. Ściągnęłam lewą rękawiczkę. Zdziwiłam się, że nie ma palca. Palec w rękawiczce wypchany był watą. Chyba... musiałam się gapić. Pamiętam, że spytałam, jak go stracił. Powiedział, że zaplątał mu się w jakiejś maszynie.

– Jak się znalazł w izbie przyjęć?

– Hm, myślę, że to był wypadek. Och, już pamiętam. Przewrócił go rower. Rozciął sobie rękę i trzeba było założyć szwy. Najdziwniejsze było to, że potem zniknął. Jak tylko rana została zszyta, wyszłam po coś na chwilę. Kiedy wróciłam, już go nie było. Ani dziękuję, ani do widzenia, nic. Po prostu zniknął. Pomyślałam wtedy, że chciał uniknąć zapłacenia rachunku. Ale potem dowiedziałam się, że zapłacił. Gotówką.

– Pamiętasz jego nazwisko?

– Nie. – Wzruszyła ramionami.

– Opowiedz mi, jak wyglądał. Wszystko, co tylko pamiętasz.

Umilkła na chwilę, starając się przywołać twarz mężczyzny, którego widziała kilka tygodni temu, i to raz.

– Pamiętam, że był dość wysoki. Kiedy położył się na stole, jego stopy zwisały. Był mniej więcej twojego wzrostu.

– Mam metr osiemdziesiąt trzy, czyli on jest nieco niższy. A twarz? Włosy, oczy?

– Miał ciemne włosy, prawie czarne. A oczy...

Usiadła wygodniej i spróbowała się skoncentrować. Pamiętała, jak zdziwił ją brak palca. Że spojrzała w górę i napotkała jego wzrok.

– Chyba niebieskie.

– Zgadza się. Czarne włosy nie. Ale mógł je ufarbować.

– Twarz była inna. Nie taka jak na tym zdjęciu.

– Spectre ma kasę. Mógł zapłacić za operację plastyczną. Przez sześć miesięcy uznawaliśmy go za zmarłego. Przez ten czas mógł przemienić się w zupełnie innego człowieka.

– Dlaczego chce mnie zabić?

– Widziałaś jego twarz. Mogłaś go zidentyfikować.

– Wielu ludzi musiało widzieć jego twarz!

– Ty jesteś jedyną osobą, która może połączyć jego wygląd z mężczyzną bez palca. Powiedziałaś, że miał na rękach rękawiczki, ale nie chciał ich zdjąć.

– Tak, ale to była część jego munduru. Być może jedynym powodem, że miał rękawiczki...

– Jakiego munduru?

– To była jakaś marynarka ze złotymi guzikami. Białe rękawiczki. Spodnie z lampasem. Wiesz, jak windziarz albo portier...

– Czy na marynarce było jakieś logo? Nazwa hotelu czy budynku?

– Nie.

Sam zerwał się na nogi i zaczął przemierzać pokój.

– Dobrze, dobrze. Ma mały wypadek. Kaleczy rękę, musi iść na pogotowie, żeby mu ją zszyli. Ty zauważasz, że nie ma palca. Widzisz jego twarz i to, że ma na sobie mundur...

– To za mało, żebym stała się dla niego zagrożeniem.

– Niekoniecznie. Teraz ma zupełnie nową tożsamość. Władze nie mają pojęcia, jak wygląda. Zdradza go tylko brakujący palec. Widziałaś jego twarz. Możesz go zidentyfikować.

– Nic o nim nie wiedziałam. Nie wpadłoby mi do głowy, żeby iść na policję.

– Mieliśmy już wątpliwości co do jego rzekomej śmierci. Podejrzewaliśmy, że żyje i działa nadal. Jeszcze jedna bomba i byśmy się domyślili. Wystarczyłoby tylko ogłosić publicznie, że szukamy człowieka bez lewego środkowego palca. Zawiadomiłabyś nas, prawda?

– Oczywiście.

– I tego się obawiał. Że powiesz nam, jak wygląda.

Przez dłuższą chwilę milczała. Wlepiła wzrok w album ze zdjęciami przestępców, myśląc o tym dniu w szpitalu. Próbując przypomnieć sobie pacjentów, trudniejsze przypadki. Bolące gardła i zwichnięte kostki. Przez osiem lat zajmowała się tyloma pacjentami, że dni zdawały się zlewać w jedną całość. Ale przypomniała sobie jeszcze jeden szczegół.

Dotyczący mężczyzny w rękawiczkach. I nagle ją zmroziło.

– Lekarz, który zszywał ranę...

– Tak? Kto to był?

– Robert. To był Robert.

Sam znieruchomiał. I wtedy oboje zrozumieli. Robert także widział twarz pacjenta, zauważył brak palca. Tak jak Nina, mógł zidentyfikować Vincenta Spectre'a.

Sam wziął Ninę za rękę i podciągnął ją na nogi.

– Chodź.

Stali teraz twarzą w twarz. Jej serce zatańczyło z podniecenia.

– Zabieram cię do Portlandu – powiedział.

– Teraz?

– Chciałbym, żebyś popracowała z rysownikiem policyjnym. Zobaczymy, czy we dwójkę stworzycie portret pamięciowy Spectre'a.

– Nie wiem, czy potrafię. Gdybym go zobaczyła, poznałabym go. Ale opisać jego twarz...

– Rysownik ci pomoże. Ważne, że mamy od czego zacząć. Potrzebuję też twojej pomocy, żeby przejrzeć dokumentację izby przyjęć. Może jest tam coś, o czym zapomniałaś.

– Trzymamy kopie kart pacjenta. Znajdę ją.

Zrobię wszystko, co chcesz, pomyślała, jeżeli tylko przerwiesz tę grę w twardego policjanta.

Kiedy tak stali i patrzyli na siebie, wydawało się jej, że widzi w jego oczach tęsknotę. Odwrócił się nienaturalnie szybko, by wyjąć z szafy marynarkę. Okrył nią ramiona Niny. Samo muśnięcie palcami jej skóry sprawiło, że zadrżała. Też odwróciła się, by popatrzeć mu w oczy. Doprowadzić do konfrontacji.

– Czy coś się między nami wydarzyło? – spytała cicho.

– Co masz na myśli?

– Ostatnia noc. Nie wyobraziłam sobie tego, Sam. Kochaliśmy się, tutaj, w tym pokoju. Czy zrobiłam coś nie tak? Dlaczego jesteś taki... obojętny?

Westchnął ze znużeniem. I chyba z żalem.

– To nie powinno było się zdarzyć. To był błąd.

– Nieprawda.

– Nino, jesteś wystraszona, szukasz bohatera. Przypadkowo spełniam tę rolę.

– Ale ty nie grasz żadnej roli! Ani ja. Sam, zależy mi na tobie. Chyba się w tobie zakochałam.

Spojrzał na nią w milczeniu, lecz cisza była bardziej dojmująca niż jakiekolwiek słowa.

– O Boże, jaka jestem głupia. Oczywiście, że ciągle ci się to zdarza. Kobiety rzucają się na ciebie.

– To nie jest tak.

– Nie? Bohaterski glina. Która może się oprzeć? Jak wyglądam w porównaniu z innymi?

– Nie ma żadnych innych! Nino, nie próbuję cię odepchnąć. Chcę tylko, żebyś zrozumiała, że to okoliczności popchnęły nas ku sobie. Zagrożenie. Patrzysz na mnie i nie widzisz moich wad. Tego, że nie jestem właściwym facetem dla ciebie. Byłaś zaręczona z Robertem Bledsoe. To nie moja liga. Lekarz. Rezydencja nad oceanem. Kimże ja jestem, jak nie zwykłym policjantem?

Potrząsnęła głową, bo nagle do jej oczu napłynęły łzy.

– Czy naprawdę myślisz, że tak cię widzę?

– Taki jestem.

– Jesteś kimś więcej niż gliniarzem.

Dotknęła jego twarzy. Wzdrygnął się, ale nie odsunął od pieszczoty jej palców.

– Sam, jesteś dobry i delikatny. Odważny. Nigdy nie spotkałam takiego mężczyzny jak ty. A więc dobrze, jesteś gliną. Ale to tylko część ciebie. Ocaliłeś moje życie. Pilnowałeś mnie...

– To jest moja praca.

– Tylko? – Patrzył na nią, jakby powiedzenie prawdy przychodziło mu z trudem. – Tylko praca, Sam?

– Nie, więcej niż praca. Znaczysz dla mnie więcej.

Uśmiechnęła się z radością. Przecież odczuła to w nocy – jego ciepło i troskę. Jakkolwiek by zaprzeczał, pod maską obojętności kryje się żywy człowiek. Tak bardzo pragnęła paść mu w ramiona, przywołać prawdziwego Sama z jego kryjówki.

Delikatnie odsunął jej dłoń ze swojej twarzy.

– Proszę cię, Nino. Nie utrudniaj... Mam zadanie do wykonania i nie mogę się dekoncentrować. To niebezpieczne. Dla nas.

– Ale zależy ci. Tyle tylko chcę wiedzieć.

Pokiwał głową. Teraz na nic więcej nie mogła liczyć.

– Robi się późno. Musimy jechać – mruknął i odwrócił się do drzwi. – Zaczekam na ciebie w samochodzie.

Nina zmarszczyła czoło na widok portretu.

– Coś tu jest nie tak – powiedziała.

– Co jest nie tak? – zapytał Sam.

– Nie wiem. Nie jest łatwo odtworzyć czyjąś twarz. Widziałam go tylko raz. Nie zarejestrowałam świadomie kształtu jego nosa czy podbródka.

– Czy przypomina ten portret?

Nina patrzyła na ekran komputera. Już od godziny bawili się różnymi liniami zarostu, nosami i szczękami. To, co powstawało, było sztuczne, bez życia. Jak każdy inny policyjny portret, który widziała.

– Uczciwie mówiąc – przyznała z westchnieniem – nie jestem pewna, czy tak wygląda. Jeżeli mi go pokażecie, to go poznam. Ale nie jestem dobra w odtwarzaniu.

Sam, nieco rozczarowany, zwrócił się do technika:

– Wydrukuj to. Wyślij kopie do wszystkich stacji telewizyjnych.

– Tak jest, Navarro.

– Przepraszam. Wiele chyba nie pomogłam – powiedziała Nina, kiedy Sam ją wyprowadzał.

– Dobrze się spisałaś. Masz rację, niełatwo jest odtworzyć czyjąś twarz. Szczególnie kiedy widziało się ją tylko raz. Naprawdę uważasz, że poznałabyś go, gdybyś go zobaczyła?

– Tak, jestem tego pewna.

– Tylko tego od ciebie potrzebujemy. Zakładając, że go złapiemy. Co nas prowadzi do następnej sprawy.

– O co chodzi?

– Gillis jest już w szpitalu, wyciąga dokumentację pacjentów. Potrzebuje twojej pomocy.

– To na pewno mogę zrobić.

Znaleźli Gillisa w jednym z pokoi administracji szpitala. Na stole przed nim piętrzył się stos papierów. W świetle jarzeniówek twarz miał ziemistą. Była prawie północ, a on był na służbie od siódmej rano. Tak jak Sam.

Dla nich obu noc się dopiero zaczynała.

– Znalazłem coś, co wygląda na właściwą kartę – oznajmił Gillis. – Dwudziestego dziewiątego maja, piąta po południu. To chyba to, panno Cormier?

– Tak, być może.

Gillis podał jej formularz. Był to jednostronicowy zapis wizyty w izbie przyjęć. Na górze widniało nazwisko, Lawrence Foley, potem adres i informacja o sposobie płatności. W rubryce „Powód wizyty" rozpoznała swoje pismo: Zranienie, lewe przedramię. Poniżej napisała: biały mężczyzna, czterdzieści sześć lat, uderzony na przejściu przez rower. Upadł, rozciął przedramię o błotnik. Bez utraty przytomności.

– Tak, to ten – stwierdziła. – Jest podpis Roberta, tu na dole. Lekarza wykonującego zabieg. To on szył – cztery szwy, jak wynika z zapisu.

– Sprawdziliśmy to nazwisko? – zapytał Sam Gillisa.

– Pod tym adresem nie ma nikogo o tym nazwisku. A numer telefonu jest fikcyjny.

– Bingo – odrzekł Sam. – Fałszywy adres, fałszywa tożsamość. To nasz człowiek.

– Ale nie jesteśmy bliżej złapania go – podkreślił Gillis. – Nie zostawia śladów, wskazówek. Gdzie mamy szukać?

– Portret pamięciowy został już rozesłany. Wiemy, że nosi coś w rodzaju munduru, portiera czy boya hotelowego. Sprawdzimy wszystkie hotele. Spróbujemy porównać portret z wyglądem pracowników. – Sam zastanowił się przez chwilę. – Hotel. Dlaczego zatrudniłby się w hotelu?

– Potrzebował pracy? – podrzucił Gillis.

– Jako boy? – Sam pokręcił głową. – Jeżeli to naprawdę jest Vincent Spectre, to ma istotny powód. Kontrakt.

Usiadł i potarł oczy. Późna pora i stres dawały się już we znaki. Nina pragnęła wyciągnąć do niego rękę, wygładzić ślady zmartwienia na jego twarzy, ale zabrakło jej odwagi. Nie przy Gillisie. Może nigdy. Dał jej jasno do zrozumienia, że rozprasza jego uwagę, a to jest niebezpieczne. Sam wstał i zaczął spacerować, jak gdyby bronił się przed zaśnięciem.

– Musimy sprawdzić wszystkie hotele. Zorganizować okazanie chłopców hotelowych. Musimy sprawdzić raporty policyjne. Może ktoś dzwonił w sprawie tej kolizji rowerowej.

– Dobra, każę Cooleyowi tym się zająć.

– Musimy się dowiedzieć, na kogo poluje. Kto jest celem?

– W nocy tego się nie dowiemy – odrzekł Gillis. – Musimy mieć więcej danych. – Ziewnął i dodał: – Potrzebujemy snu. Obaj.

– On ma rację – rzekła Nina. – Nie możesz funkcjonować bez snu, Sam. Musisz się przespać.

– A w tym czasie Spectre zaplanuje Bóg wie jaką katastrofę. Do tej pory mieliśmy szczęście. Tylko jedna ofiara wybuchu. Ale następnym razem...

Sam przestał chodzić po pokoju. Nie miał już siły. Stał w jednym miejscu, zwiesił ramiona, jakby z jego ciała uszło powietrze. Gillis popatrzył na Ninę.

– Zabierz go do domu, dobrze? Zanim się przewróci i będę musiał go ciągnąć.

Nina wstała z krzesła.

– Chodź, Sam – rzekła cicho. – Zawiozę cię do domu.

W drodze do samochodu jeszcze się kłócił, że jest w doskonałej formie i może siąść za kierownicą. Nina równie stanowczo stwierdziła, że stanowi zagrożenie. Gdy tylko opuściła parking szpitalny, Sam zasnął.

Pod domem obudziła go na tyle, by wysiadł z samochodu i wszedł do środka. W sypialni zdjął kaburę, ściągnął buty i padł na łóżko. Jego ostatnimi słowami było coś na kształt przeprosin. Potem zasnął jak kamień.

Uśmiechając się, okryła go i wyszła sprawdzić drzwi i okna. Wszystko było zamknięte na klucz.

Wróciła do sypialni, rozebrała się po ciemku i wśliznęła się do łóżka. Sam się nie poruszył. Delikatnie pogładziła go po głowie i pomyślała: mój biedny Sam. Dziś w nocy to ja będę cię strzec.

Wzdychając, odwrócił się do niej i wyciągnął rękę, by przytulić ją do siebie. Nawet we śnie chciał ją chronić.

Jak żaden z mężczyzn, których znała. Tej nocy, w jego ramionach, nic nie może się jej stać.

Rano w wiadomościach pokazano jego portret.

Vincent Spectre popatrzył na rysunek i zaśmiał się cicho. Ale numer. Wcale niepodobny. Uszy za duże, szczęka za szeroka, oczy małe i okrągłe. Przecież on nie ma takich oczu. Dlaczego tak im marnie wyszło? Co się stało z jakością pracy organów ścigania?

– Szukaj wiatru w polu – mruknął pod nosem.

Sam Navarro traci formę, jeżeli stać go na tylko taki portret. Szkoda. Takim był bystrym, naprawdę godnym przeciwnikiem. A teraz okazuje się, że to taki sam durny glina jak inni. Chociaż udało mu się wyciągnąć jeden poprawny wniosek: Vincent Spectre jest cały i zdrów. Znowu w grze.

– Zobaczycie, jaki jestem zdrów – powiedział.

Ta Cormier musiała opisać jego twarz policji. Chociaż wcale nie martwił się portretem, to powinien uważać. Nina może go rozpoznać. Jedynie ona jest w stanie połączyć jego twarz z nazwiskiem i zniweczyć jego plan. Trzeba się jej w końcu pozbyć.

Wyłączył telewizor i poszedł do sypialni, gdzie spała kobieta, którą poznał trzy tygodnie wcześniej w Klubie Trzech Świateł, dokąd poszedł zobaczyć rewię tancerek topless. Marilyn Dukoff była blondynką w czerwonych stringach obszytych cekinami. Twarz miała ordynarną, inteligencję niemal żadną, ale jej figura była cudem natury i silikonu. Jak wiele innych kobiet żyjących z egzotycznego tańca, potrzebowała pieniędzy i uczucia.

Dawał jej to wszystko nader hojnie.

Przyjmowała jego dary z prawdziwą wdzięcznością. Była jak szczeniaczek, zbyt długo zaniedbywany i teraz bardzo posłuszny i żądny aprobaty. A najlepsze ze wszystkiego jest to, że nie zadaje pytań. Zna swoje miejsce.

Usiadł koło niej na łóżku i obudził szturchnięciem.

– Marilyn?

Otworzyła jedno zaspane oko i uśmiechnęła się do niego.

– Dzień dobry.

Odwzajemnił jej uśmiech i pocałował ją. Jak zwykle oddała mu pocałunek ochoczo. Z wdzięcznością. Zdjął ubranie i położył się obok jej zdumiewająco zbudowanego ciała. Nie musiał długo wprawiać jej w stosowny nastrój.

Kiedy skończyli, leżała uśmiechnięta i zaspokojona, a on wiedział, że nadeszła właściwa chwila, by ją poprosić.

– Wyświadcz mi jeszcze jedną przysługę – szepnął.

Dwie godziny później blondynka w szarym kostiumie pokazała oficerowi służby więziennej swój dowód tożsamości.

– Jestem prawnikiem firmy Frick and Darien – oznajmiła. – Mam się zobaczyć z naszym klientem, Billym Binfordem.

Chwilę później zaprowadzono ją do sali widzeń. Billy Bałwan usiadł po drugiej stronie pleksiglasu. Patrzył na nią przez chwilę i powiedział:

– Oglądałem wiadomości. Co się dzieje?

– Mówi, że to konieczne – odrzekła blondynka.

– Chcę, żeby zrobił swoją robotę tak, jak obiecał.

– Już się tym zajął. Wszystko według planu. Masz tylko siedzieć i czekać.

Billy popatrzył na strażnika więziennego, który stał niedaleko ze znudzoną miną.

– Postawiłem na to wszystko.

– Załatwi się. Chce się upewnić, że dotrzymasz słowa. Forsa do końca tygodnia.

– Nie. Muszę mieć pewność. Zbliża się data procesu, i to szybko, za szybko. Liczę na niego.

Blondynka tylko się uśmiechnęła.

– Załatwi się – powiedziała. – On to gwarantuje.

ROZDZIAŁ DZIESIĄTY

Obudził go zapach kawy i czegoś pysznego. Sobota. Leżał w łóżku sam, ale ktoś jeszcze był w domu. Słyszał krzątaninę w kuchni, cichy brzęk talerzy. Po raz pierwszy od miesięcy uśmiechnął się do siebie, wstając i idąc pod prysznic. W kuchni jest kobieta, i to kobieta robiąca śniadanie. Zdumiewające, jak odmienił się dom. Stał się ciepły i przyjazny.

Wytarł się i stanął przed lustrem, by się ogolić. I wtedy uśmiech zamarł na jego twarzy. Jak długo spał? I to tak mocno, że nie słyszał, kiedy Nina wstała, nawet kiedy brała prysznic. W nocy ktoś mógł się łatwo włamać, a on by to przespał. Jestem dla niej bezużyteczny, pomyślał. Nie może tropić Spectre'a i jednocześnie dbać o bezpieczeństwo Niny. Nie ma tyle samozaparcia i obiektywizmu. Jest bardziej niż bezużyteczny; stanowi zagrożenie dla jej życia.

Stało się to, czego się obawiał.

Skończył się golić, ubrał się i poszedł do kuchni. Sam widok Niny stojącej przy piecyku wystarczył, by zburzyć jego determinację. Odwróciła się i uśmiechnęła szeroko.

– Dzień dobry – powiedziała i objęła go słodko pachnącymi ramionami.

Boże, to przecież marzenie każdego faceta. Albo, przynajmniej, jego marzenie: wspaniała kobieta w jego kuchni. Uśmiech na dzień dobry. Jajecznica na patelni. Czuł, jak mięknie jego opór, a do głosu dochodzą męskie żądze. Dzieje się tak zawsze, kiedy jest zbyt blisko niej.

– Nino, musimy porozmawiać.

– Tak? O sprawie?

– Nie. O tobie. I o mnie.

Promienny uśmiech zniknął z jej twarzy. Czuła już wcześniej, że spotka ją cios. Wyłożyła jajecznicę na talerz i zastygła bez ruchu. W takich chwilach nie znosił siebie, ale jednocześnie wiedział, że nie ma innego sposobu, by to załatwić – jeżeli Nina naprawdę jest mu bliska.

– To, co stało się w nocy...

– Ale nic się nie stało. Przywiozłam cię do domu i położyłam do łóżka.

– I o tym właśnie mówię. Nino, byłem tak zmęczony, że przez sypialnię mógł przejechać pociąg, a ja nie poruszyłbym palcem. Jak mam cię chronić, kiedy zasypiam jak kamień?

– Och, Sam. Nie oczekuję, że będziesz moim opiekunem. Wczoraj to ja chciałam zaopiekować się tobą. Byłam szczęśliwa, że mogę to zrobić.

– Ale ja jestem policjantem, Nino. To ja jestem odpowiedzialny za twoje bezpieczeństwo.

– A choć raz nie możesz przestać nim być? I pozwolić, żebym się tobą zaopiekowała? Nie jestem taka bezradna, a ty nie jesteś taki twardy. Kiedy się bałam, stałeś przy mnie. Teraz ja chcę stać przy tobie.

– To nie mnie mogą zabić. To nie jest dobry pomysł, żeby się angażować, i oboje o tym wiemy. Nie mogę pilnować cię tak, jak powinienem. Każdy inny glina zrobiłby to lepiej.

– Nie ufam żadnemu innemu glinie. Ufam tobie.

– I to może być śmiertelny błąd.

Odsunął się, by złapać trochę powietrza, by zwiększyć dystans pomiędzy nimi. Nie potrafił myśleć jasno, gdy była tak blisko; jej zapach i dotyk były zbyt podniecające. Nalał sobie kawy, by czymś się zająć, ale jego ręka drżała.

– Muszę się skupić, Nino. Znaleźć Spectre'a. To jest najlepszy sposób na zapewnienie ci bezpieczeństwa.

Nie odpowiedziała. Patrzyła na stół nakryty do śniadania, sztućce i serwetki, szklanki soku.

Znowu poczuł ukłucie żalu. Znalazłem w końcu kobietę, która jest mi bliska, i robię wszystko, by ją odepchnąć.

– A więc co proponujesz, Sam?

– Uważam, że powinnaś mieć ochronę.

– Zaczynam myśleć, że nie jesteśmy w ogóle związani.

– Na Boga, Nino. Spaliśmy ze sobą! Jak mocniej może dwoje ludzi się związać?

– Dla niektórych seks jest czysto fizyczną sprawą.
Niech to szlag trafi, nie da się wrobić w tę beznadziejną rozmowę. Podpuszcza go, by powiedział, że to było coś więcej niż seks. Nie miał zamiaru przyznać, że to prawda, ani pokazać, jak bardzo jest przerażony, że ją straci.

Wiedział, co należy zrobić. Podszedł do telefonu. Poprosi Coopersmitha o przydzielenie ochroniarza.

Już miał podnieść słuchawkę, kiedy niespodziewanie telefon zadzwonił.

– Sam, to ja.

– Cześć, Gillis.

– Co z tobą? Dochodzi dwunasta. Ustawiliśmy okazanie na pierwszą. Faceci z pięciu hoteli. Możesz przywieźć Ninę, żeby się im przyjrzała? To znaczy, jeżeli jest z tobą.

– Jest – przyznał Sam.

– Tak też myślałem. O pierwszej. Słyszysz?

Odłożył słuchawkę i przeczesał ręką wilgotne jeszcze włosy. Boże. Prawie południe? Rozleniwił się. Jeżeli nie będzie przyzwoicie wykonywał swojej pracy, Nina będzie biedna.

– Co powiedział Gillis? – zapytała.

– O pierwszej jest okazanie. Chcą, żebyś przyjrzała się kilku chłopcom hotelowym. Możesz?

– Oczywiście. Chcę, żeby to się skończyło, tak jak ty. – Wytrzymała jego wzrok z miną wyrażającą świadomą decyzję. – Masz ważniejsze rzeczy na głowie niż niańczenie mnie.

Nie próbował z nią dyskutować. Nic powiedział ani słowa. Ale kiedy wychodziła z kuchni, zostawiając go przy pięknie nakrytym do śniadania stole, pomyślał, że nie ma racji. Nie ma na świecie nic ważniejszego niż to, że chce się nią zaopiekować.

Przez weneckie lustro widać było ośmiu mężczyzn ustawionych w rzędzie. Wszyscy mieli trochę głupie miny.

Nina dokładnie przyglądała się mundurowi każdego z nich, doszukując się czegoś, co widziała wcześniej. Jakiegoś szczegółu, który rozbudziłby jej pamięć.

– Nie widzę podobnego munduru. – Potrząsnęła głową.

– Jesteś absolutnie pewna? – zapytał Gillis.

– Tak, jestem pewna. To żaden z nich.

Usłyszała westchnienie rozczarowania. To Norm Liddell, prokurator okręgowy stojący obok Gillisa. Sam nie odzywał się i miał pokerową minę.

– Widzę, że to tylko strata mojego czasu – oznajmił Liddell. – To wszystko, co masz w zanadrzu, Navarro? Kilku chłopaków z hotelu?

– Wiemy, że Spectre miał na sobie jakiś mundur, podobny do uniformu boya hotelowego – wyjaśnił Sam. – Chcieliśmy, by panna Cormier kilku zobaczyła.

– Odnaleźliśmy raport policyjny w sprawie tego wypadku rowerowego – dodał Gillis.

– Rowerzysta sam zadzwonił. Chyba się bał sądu i złożył zeznanie, że uderzył przechodnia poza zebrą. Najwyraźniej Spectre przechodził przez jezdnię Congress Street nieprawidłowo, kiedy został potrącony.

– Congress? – zaniepokoił się Liddell.

– Obok hotelu Pioneer – dodał Sam. – Tego, w którym pojutrze ma zatrzymać się gubernator. Jest gościem honorowym i ma wygłosić przemówienie na seminarium dla biznesmenów.

– Myślicie, że to on jest celem Spectre'a?

– Możliwe. Pioneer jest przeszukiwany. Szczególnie apartament gubernatora.

– A chłopcy hotelowi?

– Wyeliminowaliśmy ich wszystkich z powodu wzrostu i wieku. Nie ma nikogo bez palca. Ten z numerem trzy jest najbliższy opisowi Spectre'a. Ale ma wszystkie palce. Chcieliśmy, żeby Nina przyjrzała się mundurom.

– Ale żaden z nich to nie Spectre.

– Nie. Żadnemu nie brakuje palca.

Wzrok Niny skierował się ku numerowi trzy. Ubrany był w czerwoną marynarkę boya i czarne spodnie.

– Czy tak są ubrani wszyscy chłopcy Pioneera?

– Tak – odparł Gillis. – Dlaczego pytasz?

– To nie jest ten uniform, który widziałam.

– A jaka jest różnica?

– Człowiek, którego widziałam w izbie przyjęć, miał zieloną marynarkę. Ciemnozieloną. Na pewno nie czerwoną.

Gillis potrząsnął głową.

– Więc mamy problem. W Holiday Inn uniform jest też czerwony. W Marriotcie zielony, ale to daleko od miejsca kraksy rowerowej.

– Mimo to sprawdźcie ich personel – zażądał Liddell. – Nawet gdybyście mieli przesłuchać każdego boya w mieście, muszę złapać tego faceta. I to zanim wysadzi w powietrze jakąś grubą rybę. O której przyjeżdża gubernator?

– Po południu – odrzekł Gillis.

Liddell spojrzał na zegarek.

– Mamy pełne dwadzieścia cztery godziny. Jeżeli coś się będzie działo, dzwońcie. Zrozumiano?

– Tak jest, Wasza Wysokość – mruknął Gillis.

Liddell popatrzył na niego groźnie, ale widocznie zdecydował się nie komentować.

– Moja żona i ja będziemy wieczorem w Teatrze Branta. Będę miał ze sobą pager, na wszelki wypadek.

– Będzie pan pierwszy na naszej liście.

– Jesteśmy na widelcu. Nie spieprzmy tego.

To był ostatni strzał Liddella i policjanci przyjęli go w ciszy. Dopiero kiedy Liddell wyszedł, Gillis warknął:

– Dam wycisk temu facetowi. Przysięgam, dam mu wycisk.

– Uspokój się, Gillis. Kiedyś zostanie gubernatorem.

– Wtedy sam pomogę Spectre'owi podłożyć mu bombę.

Sam wziął Ninę za rękę i wyprowadził ją z pokoju.

– Chodź. Przedstawię ci teraz twojego nowego ochroniarza.

Już mnie sprzedał, pomyślała.

– Na razie zamieszkasz w hotelu – ciągnął. – Będzie cię pilnował posterunkowy Pressler. To bardzo czujny policjant. Mam do niego zaufanie.

– To znaczy, że ja też mogę mu zaufać?

– Całkowicie. Zadzwonię, kiedy znajdziemy następnych podejrzanych. Będziesz musiała ich zidentyfikować.

– Więc przez jakiś czas cię nie zobaczę.

– Tak. To może trochę potrwać.

Patrzyli na siebie przez chwilę. Nie było tu żadnej prywatności; z pewnością nie był to czas ani miejsce, by mogła mu wyznać, co do niego czuje. Trudno było się pożegnać. A jeszcze trudniej patrzeć na jego obojętność.

A więc wraca Pan Policjant. Ale po wydarzeniach ostatniego tygodnia poradzi sobie, łącznie z tym, że znowu związała się z niewłaściwym facetem.

– Znajdź Spectre'a – rzekła chłodno. – Rozpoznam go. Tylko szybko. Muszę wrócić do normalnego życia.

– Pracujemy dzień i noc. Damy ci znać.

– Liczę na to.

Sierżant Leon Pressler nie był zbyt rozmowny. Właściwie to nie rozmawiał wcale. Przez ostatnie trzy godziny ten młody wysportowany policjant udawał sfinksa i bez słowa przemierzał pokój hotelowy, sprawdzając drzwi i okna. Mówił tylko „Tak, proszę pani" lub „Nie, proszę pani".

Czy małomówność i niedostępność to cechy każdego gliny? – zastanawiała się Nina. A może dostał rozkaz, by nie gadać ze świadkiem?

Próbowała czytać książkę kupioną w hotelowym kiosku, ale po kilku rozdziałach ją zamknęła. Jego milczenie działało jej na nerwy. To po prostu nienaturalne, by spędzić z kimś dzień w pokoju i nawet nie porozmawiać. Bóg wie, że chciała coś z niego wyciągnąć. Cokolwiek.

– Długo jesteś w policji?

– Tak, proszę pani.

– Lubisz to?

– Tak, proszę pani.

– Boisz się czasem?

– Nie, proszę pani.

– Nigdy?

– Czasami.

No, to doszliśmy do czegoś, pomyślała. Ale posterunkowy Pressler podszedł do okna i wyjrzał, ignorując ją kompletnie. Nina odłożyła książkę i ponowiła próbę.

– Czy takie zadanie cię nudzi?

– Nie, proszę pani.

– Mnie by nudziło. Siedzieć cały dzień w pokoju hotelowym i nic nie robić.

– Coś się może zdarzyć.

– Jestem pewna, że jesteś na to przygotowany.

Westchnęła i sięgnęła po pilota, by włączyć telewizor. Pięć minut skakania po kanałach nie przyniosło nic ciekawego. Wyłączyła telewizor.

– Mogę zadzwonić?

– Nie.

– Chcę tylko zadzwonić do szefowej w szpitalu. Powiedzieć, że mnie nie będzie w przyszłym tygodniu. To ważne.

– Detektyw Navarro powiedział: „Żadnych telefonów". To dla pani bezpieczeństwa. Wyraźnie to podkreślił.

– Co jeszcze powiedział ten wspaniały detektyw?

– Mam cały czas pani pilnować. Nie spuszczać pani z oka. Bo jeżeli coś się pani stanie... – Urwał i odkaszlnął nerwowo.

– To co?

– Będę miał z nim do czynienia.

– O, to się musisz starać.

– Chciał mieć pewność, że będę szczególnie czujny. Jestem mu to winien.

– Co to znaczy, że jesteś mu to winien?

Sierżant Pressler nie odchodził od okna. Stał tyłem, jakby chciał uniknąć jej wzroku.

– Kilka lat temu podczas interwencji domowej zostałem postrzelony. Mężowi nie podobało się, że się wtrącam w jego sprawy...

– O Boże.

– Poprosiłem o pomoc. Navarro odpowiedział pierwszy. – Pressler odwrócił się i spojrzał na Ninę. – No i widzi pani. Jestem mu wdzięczny. – Znów skierował wzrok na okno.

– Znasz go dobrze?

Pressler wzruszył ramionami.

– To dobry glina. Ale bardzo skryty. Chyba nikt go nie zna dobrze.

Łącznie ze mną, pomyślała. Wzięła znów pilota i przeskoczyła z opery mydlanej na serial sądowy, a potem na turniej golfa. Poczuła, że w jej mózgu znowu kilka komórek obumarło. Co teraz robi Sam?

I bezlitośnie stłumiła w sobie to pytanie.

Ciekawe, co Nina teraz robi. Sam spróbował stłumić ciekawość i skoncentrować się na tym, o czym mówiono na odprawie, ale myślami ciągle wracał do Niny. Szczególnie jej bezpieczeństwa. Miał zaufanie do Presslera. Ten młody policjant jest bystry i odpowiedzialny, a do tego zawdzięczał mu życie. Jeżeli można powierzyć komuś życie Niny, to na pewno jemu. Nie mógł jednak pozbyć się uczucia niepokoju. Nawet strachu. To jeszcze jeden dowód na to, że stracił obiektywizm, że jego uczucia mają wpływ na jego pracę.

– ...wszystko, na co nas stać? Sam?

Sam zwrócił się do Abe'a Coopersmitha:

– Słucham?

– Czy ty jesteś z nami, Navarro?

– Przepraszam. Myślałem o czymś innym.

– Szef pytał, czy nie mamy innych wątków w naszej sprawie – wyjaśnił usłużnie Gillis.

– Sprawdzamy wszystko – odparł Sam. – Rozesłaliśmy portret pamięciowy Spectre'a. Sprawdziliśmy hotele w Portlandzie. Dotąd nie natrafiliśmy na pracownika bez palca. Niestety, pracujemy w ciemno. Nie wiemy, kto jest celem Spectre'a, kiedy zamierza uderzyć ani gdzie ma zaatakować. Mamy tylko świadka, który widział jego twarz.

– No i jego uniform chłopca hotelowego.

– Tak.

– Pokazaliście wszystkie rodzaje mundurów pannie Cormier?

– Zbieramy jeszcze mundury z kilku miejsc – odrzekł Gillis – a także przesłuchaliśmy rowerzystę. Nie może wiele powiedzieć o mężczyźnie, którego potrącił. Stało się to tak szybko, że nie zwrócił uwagi na jego twarz. Ale potwierdził, że marynarka była koloru zielonego. Potwierdził też, że stało się to na rogu Congress Street i Franklin Avenue.

– Przeczesaliśmy cały teren – mówił dalej Sam – i pokazaliśmy portret każdemu sklepikarzowi i urzędnikowi w promieniu pięciu przecznic. Nikt nie rozpoznał twarzy. Niestety.

Abe Coopersmith westchnął zniechęcony.

– Jutro po południu przyjeżdża do nas gubernator. A w mieście szaleje bombiarz.

– Nie wiemy, czy istnieje jakiś związek. Celem Spectre'a może być ktoś inny.

– Może nawet niczego nie planować – zasugerował Gillis. – Może zakończył swą robotę. Może nawet już wyjechał.

– Musimy zakładać, że wciąż tu jest – ostrzegł Abe Coopersmith. – I że coś knuje.

– Mamy dwadzieścia cztery godziny do spotkania z gubernatorem. Do tego czasu coś się wydarzy – dodał Sam.

– Mam nadzieję – mruknął Abe Coopersmith, wstając. – Nie potrzebujemy następnej bomby i martwego gubernatora.

– Zacznijmy od góry. Takt trzydziesty szósty. – Dyrygent podniósł batutę. Kiedy ją opuścił, trąbki zabrzmiały dźwiękami bluesa „Wrong Side of the Track". Po sekundzie dołączyły dęte drewniane i kontrabas. Potem wśliznął się saksofon, a jego tęskny płacz podchwycił melodię.

– Nigdy nie rozumiałem jazzu – poskarżył się dyrektor Teatru Branta, obserwując próbę ze środka widowni. – Kupa skisłych nut. Wszystkie instrumenty ze sobą walczą.

– Ja lubię jazz – stwierdził główny bileter.

– Dobra, dobra. Ty to nawet lubisz rap. Masz marny gust.

Dyrektor rozejrzał się po teatrze, sprawdzając puste fotele. Wszędzie było czysto, w przejściach nie dostrzegł śmieci. Publiczność dziś wieczorem będzie elegancka. Sami prawnicy czy inne typy. Nie podobałyby im się brudne dywany lub stare programy wetknięte za oparcia krzeseł.

Jeszcze rok wcześniej w budynku mieściło się kino wyświetlające filmy pornograficzne dla anonimowych mężczyzn bez twarzy. Nowy właściciel wszystko zmienił. Obecnie, dzięki prywatnym funduszom lokalnego dobroczyńcy, teatr odrodził się jako centrum żywej kultury, w którym grano sztuki i musicale. Niestety, przedstawienia nie przyciągały takich tłumów jak pornosy. Dyrektora to nie dziwiło.

Ale tego wieczoru frekwencja jest zapewniona: pięćset zarezerwowanych i zapłaconych miejsc, przygotowane dodatkowe wejściówki – wszystko na rzecz Organizacji Bezpłatnej Pomocy Prawnej. Wszyscy ci prawnicy płacą, żeby słuchać jazzu. Nie mógł tego pojąć. Ale był zadowolony, że wszystkie miejsca zostały sprzedane.

– Wygląda na to, że zabraknie nam dziś jednego człowieka – rzekł bileter.

– Kogo?

– Tego nowego, którego przyjąłeś. Wiesz, tego z Agencji. Był w pracy dwa dni temu, ale od tego czasu go nie widziałem. Próbowałem dzwonić, ale nikt nie odpowiada.

Dyrektor zaklął.

– Nie można polegać na tych z Agencji.

– W życiu.

– Będziesz musiał obskoczyć cały ten tłum z czterema ludźmi.

– Nie ma lekko. Pięćset miejsc.

– Niech część sama znajdzie swoje miejsca. To prawnicy, podobno są kumaci.

Dyrektor spojrzał na zegarek. Szósta trzydzieści. Zdąży zjeść w biurze kanapkę z peklowaną wołowiną.

– Za godzinę otwieramy. Lepiej zjedz kolację.

– Dobra. – Szef bileterów zdjął zieloną marynarkę z oparcia fotela i pogwizdując, poszedł na kolację.

O siódmej trzydzieści Pressler zawiózł Ninę do głównej siedziby policji. W budynku było ciszej niż po południu, biurka puste, podobnie korytarze. Pressler zaprowadził Ninę na górę i wprowadził do jednego z pokoi.

Sam przywitał ją skinieniem głowy i krótkim „Halo". Odpowiedziała mu tak samo. Pressler pozostał w pokoju, gdzie siedział jeszcze Gillis i inny policjant w cywilu. Z taką widownią nie chciała ujawniać się ze swoimi uczuciami. Tak jak Sam.

– Chcielibyśmy, żebyś przyjrzała się tym uniformom. – Sam wskazał długi stół konferencyjny, na którym leżało sześć mundurowych marynarek w różnych kolorach. – Mamy tu boyów hotelowych, windziarza i biletera z multipleksu w centrum miasta. Rozpoznajesz coś?

Nina zbliżyła się do stołu. Przyglądała się ze skupieniem wszystkim marynarkom, badając materiał, guziki i wyhaftowane logo. Niektóre miały ozdoby ze złotego pasmanteryjnego warkocza, inne naszywki z imieniem i nazwiskiem pracownika. Potrząsnęła głową:

– To żadna z nich.

– A ta zielona na samym końcu?

– Ma złoty sznur. Marynarka, którą pamiętam, miała czarny szamerunek, zakręcony o tutaj, na ramieniu.

– Jezu! – wymamrotał Gillis. – Kobiety pamiętają takie dziwne rzeczy.

– Dobra. – Sam westchnął. – Pressler, zrób sobie przerwę i coś zjedz. Zawiozę pannę Cormier do hotelu. Przyjedź za godzinę.

Pokój wyludnił się. Zostali tylko Sam i Nina. Przez dłuższą chwilę nie zamienili nawet słowa. Nawet na siebie nie patrzyli.

– Mam nadzieję, że w hotelu jest ci wygodnie – odezwał się w końcu.

– Tak, ale jeszcze jeden dzień i zwariuję.

– Nadal nie jest bezpiecznie.

– A kiedy będzie?

– Kiedy złapiemy Spectre'a.

– Jeżeli wam się w ogóle uda. – Potrząsnęła głową. – Nie mogę tak żyć. Mam pracę. Jakieś życie. Nie mogę pozostawać w hotelu z gliną, który doprowadza mnie do szału.

– Pressler coś zrobił? – zaniepokoił się Sam.

– Przez chwilę nie usiedzi spokojnie! Bez przerwy sprawdza okna. Nie pozwala mi skorzystać z telefonu. I nie potrafi prowadzić przyzwoitej konwersacji.

– Leon tylko wykonuje swoją pracę.

– Może i tak. Ale działa mi na nerwy. – Wzdychając, postąpiła o krok w jego kierunku. – Sam, nie mogę siedzieć w ukryciu. Muszę prowadzić normalne życie.

– Zaczekaj. Chcemy, żebyś przeszła przez to żywa.

– A może wyjadę? Gdzieś daleko, na jakiś czas...

– Możemy cię tu potrzebować, Nino.

– Po co? Macie jego odciski. Wiecie, że nie ma palca. Możecie go bez problemu zidentyfikować...

– Ale najpierw musimy go zobaczyć. I do tego możemy potrzebować ciebie, żebyś rozpoznała go w tłumie. Musisz więc zostać. Pod ręką. Będziesz bezpieczna, obiecuję.

– No chyba. Jeżeli chcecie złapać tego faceta.

Wziął ją za ramiona.

– To nie jest jedyny powód, i wiesz o tym.

– Naprawdę wiem?

Przysunął się bliżej. Przez jedną zdumiewającą chwilę myślała, że ma zamiar ją pocałować. Ale gwałtowne stukanie do drzwi sprawiło, że oboje się poderwali.

W drzwiach stanął Gillis.

– Hm. Idę po hamburgera. Coś ci przynieść, Sam?

– Nie, dziękuję. Zjemy coś w hotelu Niny.

– Dobra. – Gillis uśmiechnął się przepraszająco. – Wracam za godzinę.

Wyszedł, zostawiając ich samych. Ale ta chwila już minęła. Jeżeli nawet Sam zamierzał ją pocałować, nic już na to nie wskazywało.

– Odwiozę cię teraz – rzekł po prostu.

W samochodzie poczuła się tak, jakby powrócili do dnia, gdy zobaczyli się po raz pierwszy, kiedy był detektywem o kamiennej twarzy, a ona otumanioną ofiarą. Tak jakby wydarzenia minionego tygodnia – ich wspólne wieczory i noc spędzona naprawdę razem – nie miały w ogóle miejsca. Wygląda na to, że jest zdecydowany unikać rozmowy o uczuciach. Jedynym bezpiecznym tematem jest sprawa. Ale i tu Sam nie był gadatliwy.

– Zauważyłam, że rozesłaliście portret pamięciowy.

– Jest wszędzie, telewizja, gazety.

– Jakiś odzew?

– Zostaliśmy zasypani informacjami. Straciliśmy cały dzień na ich sprawdzenie. Ale nic z tego nie wynika.

– Obawiam się, że mój opis nie pomógł.

– Zrobiłaś, co mogłaś.

Wyjrzała przez okno na ulice śródmieścia. Była już ósma, letni zmierzch przeradzał się w noc.

– Gdybym go zobaczyła, tobym go poznała. Jestem pewna.

– Tylko tego od ciebie potrzebujemy.

I ty też tylko tego ode mnie potrzebujesz, pomyślała ze smutkiem.

– A co się będzie działo jutro? – spytała.

– Mamy nadzieję, że ktoś go rozpozna.

– Czy Spectre w ogóle jest w Portlandzie?

– Instynkt podpowiada mi, że tak. I że knuje coś dużego. A ty jesteś główną przeszkodą. Dlatego musimy trzymać cię w ukryciu.

– Dłużej tego nie wytrzymam. Nie mogę nawet zadzwonić.

– Nie chcemy, żeby ktoś wiedział, gdzie jesteś.

– Nikomu nie powiem. Obiecuję. Źle się z tym czuję, że jestem taka odcięta od wszystkich.

– Dobrze – westchnął. – Do kogo chcesz zadzwonić?

– Mogłabym zacząć od mojej siostry Wendy.

– Myślałem, że nie jesteście w dobrych stosunkach. Myliłem się?

– Nie, ale to w końcu moja siostra. I może przekazać całej rodzinie, że u mnie wszystko w porządku.

Pomyślał przez chwilę, a potem powiedział:

– Dobrze, dzwoń. Z telefonu w samochodzie. Ale...

– Wiem, wiem. Nie mów jej, gdzie jesteś.

Podniosła słuchawkę i wykręciła numer Wendy.

– Rezydencja państwa Haywardów.

– Mówi Nina. Jestem siostrą Wendy. Czy ją zastałam?

– Przykro mi, ale państwo Hayward wyszli. Jestem opiekunką do dzieci. Czy ma do pani oddzwonić?

– Nie, nie będzie mnie. Ale może spróbuję później. Czy pani wie, o której wróci?

– Są w Teatrze Branta na imprezie Fundacji Pomocy Prawnej. Do dziesiątej trzydzieści. A potem zwykle idą na kawę, więc spodziewam się, że będą w domu około północy.

– O, to za późno. Zadzwonię jutro. Dziękuję.

– Nina odłożyła słuchawkę i westchnęła zawiedziona.

– Nie ma jej?

– Nie. Powinnam się spodziewać, że ich nie będzie. W kancelarii Jake'a dzień pracy nie kończy się o piątej. Wieczory też są zajęte na spotkania biznesowe.

– Twój szwagier jest adwokatem?

– Ma ambicję zostać sędzią. A ma dopiero trzydzieści lat.

– Szybki zawodnik.

– Tak, i potrzebuje szybkiej żony. Wendy jest w tym doskonała. Założę się, że teraz w teatrze kokietuje jakiegoś sędziego. Potrafi to zrobić bez wysiłku. To ona jest w rodzinie politykiem. – Spojrzała na Sama i zobaczyła, że zmarszczył czoło. – Coś się stało?

– W jakim teatrze? Dokąd poszli?

– Do Teatru Branta. Na imprezę na cel charytatywny.

– Imprezę charytatywną?

– Opiekunka powiedziała, że to na Fundację Pomocy Prawnej. Dlaczego pytasz?

– Teatr Branta. Znów jest otwarty?

– Od miesiąca. Przedtem to był koszmar. Te wszystkie pornosy.

– Cholera jasna! Dlaczego o tym nie pomyślałem?

Bez ostrzeżenia zawrócił z piskiem opon i skierował się w stronę centrum, skąd właśnie przyjechali.

– Co ty robisz? – zawołała.

– Teatr Branta. Kto tam będzie? Jak myślisz?

– Sami prawnicy.

– Racja. I nasz ogólnie szanowany prokurator okręgowy, Norm Liddell. Nie kocham specjalnie prawników, ale też nie mam ochoty na zbieranie ich martwych ciał.

– Myślisz, że to teatr będzie celem?

– Potrzebują dzisiaj bileterów. Pomyśl. Jak jest ubrany bileter?

– Często są to czarne spodnie i biała koszula.

– Ale w takim wspaniałym starym teatrze jak Brant? Mogą być ubrani w zielone marynarki z czarnym szamerunkiem...

– I tam jedziemy?

Skinął głową.

– Chcę, żebyś się przyjrzała. Może jesteśmy blisko. Powiesz mi, czy mundur, jaki widziałaś, mógł należeć do biletera teatralnego.

Kiedy zatrzymali się naprzeciwko teatru, było już po ósmej. Sam nie tracił czasu na parkowanie, postawił samochód na ukos, na zakazie. Kiedy wysiedli, portier zawołał:

– Hej, nie możecie tu parkować!

– Policja! – Sam pokazał odznakę. – Musimy wejść.

Hol był pusty. Przez zamknięte drzwi wiodące na widownię dobiegały klarnety grające bluesa, synkopowy rytm perkusji. Nigdzie nie było widać żadnego biletera.

Sam otworzył drzwi i wśliznął się na salę. Po chwili wrócił z protestującym głośno bileterem.

– Popatrz – rzekł do Niny. – To ten?

Nina popatrzyła na krótką zieloną marynarkę z czarnym szamerunkiem i złotymi guzikami.

– Tak. To ten.

– Ilu bileterów dziś pracuje? – zapytał Sam.

– Kim pan jest?

– Policja. Tu może być bomba. Szybko. Ilu bileterów?

– Bomba? – Wzrok mężczyzny nerwowo pobiegł w stronę głównych drzwi. – Dziś mamy czterech.

– Tylko czterech?

– Tak. Jeden nie przyszedł.

– Ten bez palca?

– Kurde, nie wiem. Nosimy rękawiczki.

Bileter znowu popatrzył w stronę wyjścia.

– Naprawdę myślicie, że tu może być bomba?

– Nie stać nas na pomyłkę. Muszę ewakuować ludzi. – Sam spojrzał na Ninę. – Zaczekaj na mnie w samochodzie.

– Przecież będziesz potrzebował pomocy...

Widziała, jak otworzył drzwi i poszedł szybko środkowym przejściem, wspiął się na scenę i skierował się w stronę oburzonego dyrygenta. Muzycy przestali grać.

Sam schwycił mikrofon.

– Panie i panowie. Policja. Alarm bombowy. Spokojnie, ale szybko, proszę wszystkich o opuszczenie budynku. Powtarzam, proszę zachować spokój i opuścić teatr.

Nina musiała się cofnąć, by uniknąć napierającego tłumu. W zamieszaniu straciła Sama z pola widzenia, ale ciągle słyszała jego głos.

– Proszę zachować spokój. Nie ma bezpośredniego zagrożenia. Proszę opuścić budynek.

On wyjdzie ostatni, pomyślała. To jemu zagraża największe niebezpieczeństwo, jeżeli bomba jednak wybuchnie.

Teraz ucieka najwięcej ludzi. Tłum mężczyzn i kobiet w wieczorowych strojach. Względny porządek załamał się tak niespodziewanie, że nawet nie spostrzegła tej chwili. Może ktoś przydepnął brzeg długiej sukni, może zbyt wiele stóp biegło w stronę wyjścia. Nagle ludzie zaczęli się potykać i przewracać. Jakaś kobieta krzyczała. Ci, którzy jeszcze byli na widowni, natychmiast wpadli w panikę.

I ruszyli w stronę wyjścia.

ROZDZIAŁ JEDENASTY

Nina patrzyła z przerażeniem, jak kobieta w długiej wieczorowej sukni pada pod nogi tłumu. Próbowała dotrzeć do niej, ale musiała ulec napierającej sile i znalazła się na ulicy.

Chodnik zapełnił się już oszołomionymi uciekinierami. Z ulgą zauważyła w oddali Wendy i Jake'a; przynajmniej siostra jest bezpieczna. Fala ludzi w drzwiach teatru zdawała się słabnąć. Ale gdzie jest Sam? Czy już wyszedł?

Nagle spostrzegła go w tłumie koło głównych drzwi. Obejmował ramieniem starszego mężczyznę, którego wyprowadził i posadził na chodniku, opierając go delikatnie o latarnię.

Kiedy Nina ruszyła ku nim, Sam zawołał:

– Potrzebuje pomocy. Zajmij się nim!

– Dokąd idziesz?

– Wracam. W sali jest jeszcze kilka osób.

– Pomogę ci...

– Pomożesz mi, jeśli tu zostaniesz. Zaopiekuj się nim.

On ma swoją pracę, pomyślała, patrząc na Sama wbiegającego do budynku. Ja też. Skierowała uwagę na starszego mężczyznę opartego o słup latarni. Uklękła obok niego i zapytała:

– Jak się pan czuje?

– Mam ból w klatce piersiowej...

O nie. Atak serca. A karetki nie widać. Natychmiast położyła go na chodniku, zbadała puls i rozpięła koszulę. Była tak zajęta swoim pacjentem, że ledwie zauważyła pierwszy wóz patrolowy, który zatrzymał się przed teatrem. Zdezorientowany tłum żądał wyjaśnień.

Podniosła głowę i zobaczyła, jak Sam przepycha się znowu przez główne wejście, niosąc kobietę w długiej wieczorowej sukni. Położył ją u stóp Niny.

– Jest jeszcze jedna – powiedział i zawrócił.

– Navarro! – zawołał ktoś.

Sam odwrócił się na widok mężczyzny w smokingu.

– Co tu się, do cholery, dzieje?

– Nie mogę teraz, Liddell. Muszę coś zrobić.

– Jest zagrożenie bombowe? Ktoś dzwonił?

– Nikt nie dzwonił.

– To dlaczego zarządziłeś ewakuację?

– Uniform biletera.

Sam znowu skierował się do wejścia.

– Navarro! – wrzasnął Liddell. – Żądam wyjaśnień! Są ranni! Jeżeli nie możesz tego wytłumaczyć...

Sam zniknął w drzwiach wejściowych. Liddell miotał się przed teatrem, czekając na dalszy ciąg awantury. W końcu sfrustrowany zawołał:

– Odpowiesz mi za to, Navarro!

To były jego ostatnie słowa przed eksplozją.

Podmuch odrzucił Ninę w tył. Upadła, zdzierając łokcie o chodnik, ale nie czuła bólu. Szok ogłuszył ją i pozostawił w stanie zawieszenia i nierzeczywistości. Widziała odłamki szkła uderzające w zaparkowane samochody. Dym wijący się w powietrzu i dziesiątki ludzi leżących na asfalcie, tak samo oszołomionych jak ona. Główne drzwi do teatru wygięte pod przedziwnym kątem i wiszące na jednym zawiasie.

W przenikliwej ciszy usłyszała pierwszy jęk. Potem następny. Potem płacz i krzyki rannych. Z trudem usiadła i dopiero wtedy poczuła ból. Zdarte łokcie krwawiły. Głowa bolała ją tak, że ledwie powstrzymała torsje. Ale wraz ze świadomością bólu powoli zaczęła powracać pamięć tego, co wydarzyło się tuż przed eksplozją.

Sam. Sam wszedł do budynku.

Gdzie on jest? Rozejrzała się po ulicy i chodniku, ale widziała wszystko przez mgłę. Zobaczyła, jak Liddell siedzi pod latarnią i jęczy. Przy nim był przytomny już mężczyzna, którego Sam wcześniej wyciągnął z teatru.

Niezdarnie wstała i natychmiast uderzyły ją nudności, tak że upadła na kolana. Z trudem je przezwyciężyła i dotarła do wejścia. W środku było ciemno, zbyt ciemno, by cokolwiek zobaczyć. Jedynym źródłem światła była ponura poświata dobiegająca z ulicy przez szklane drzwi. Potknęła się o gruz i wylądowała na kolanach. Szybko wstała, choć wiedziała już, że to beznadziejne. Poruszanie się w ciemnościach, a tym bardziej odnalezienie kogoś było niemożliwe.

– Sam? – zawołała, posuwając się w głąb holu.

– Sam? – Jej własny głos, przepełniony rozpaczą, odpowiedział jej echem.

Pamiętała, że wszedł do holu tuż przed wybuchem. O Boże...

– Sam!

Tym razem usłyszała przytłumioną odpowiedź.

– Nina? – Nie dochodziła z budynku, tylko z zewnątrz. Z ulicy. – Nina?

– Jestem tutaj. Tutaj...

Przedarła się przez ciemności i znalazła się w uścisku, który nie był wcale delikatny.

– Co ty, u licha, robisz w środku? – zapytał ostro.

– Szukam ciebie.

– Miałaś zostać na ulicy. Z dala od budynku. Kiedy nie mogłem cię znaleźć...

Jego ramiona otoczyły ją mocniej, przytulając ją tak, że wydawało się jej, że w jej piersi bije jego serce.

– Następnym razem masz mnie słuchać.

– Myślałam, że jesteś w środku.

– Wyszedłem innymi drzwiami.

– Nie widziałam cię!

– Wyciągałem ostatniego widza. Wydostaliśmy się w chwili, kiedy wybuchła bomba. Odrzuciło nas na chodnik.

Puścił Ninę, by na nią popatrzeć. Dopiero wtedy zobaczyła krew spływającą z jego skroni.

– Sam, musi obejrzeć cię lekarz.

– Jest dużo ludzi, którzy potrzebują lekarza. – Rozejrzał się wokół. – Mogę poczekać.

Nina dopiero teraz zauważyła otaczający ich chaos.

– Musimy zorganizować transport rannych. Do roboty.

– Czujesz się na siłach?

Kiwnęła głową i posłała mu szybki uśmiech.

– To mój numer popisowy, detektywie. Wypadki.

Poszła w tłum. Teraz, kiedy wiedziała, że Sam jest cały i zdrowy, mogła skoncentrować się na tym, co konieczne. Jeden rzut oka wystarczył, by stwierdzić, że to będzie pracowita noc. Nie tylko tutaj, na ulicy, ale i w izbie przyjęć. Wszystkie szpitale w okolicy wezwą pielęgniarki, by zajęły się ofiarami.

Głowa bolała ją bardziej niż kiedykolwiek, zdarte łokcie piekły przy każdym ruchu. Ale teraz jest tu jedyną pielęgniarką. Zajęła się najbliższą ranną kobietą, której noga krwawiła. Uklękła, oderwała pas materiału od dołu sukni i sprawnie wykorzystała go jako opaskę uciskową. Kiedy zawiązywała prowizoryczny opatrunek, z satysfakcją stwierdziła, że krwotok się zatrzymał. To na początek, pomyślała i poszukała wzrokiem kolejnego pacjenta. Były ich dziesiątki...

Po drugiej stronie ulicy, z twarzą ukrytą w cieniu, stał Vincent Spectre i przeklinał. Sędziowie Stanley Dalton i Norm Liddell przeżyli. Spectre widział młodego prokuratora okręgowego, jak siedział oparty o latarnię, trzymając się za głowę. Blondynka to pewnie jego żona. Tkwili w środku chaosu, otoczeni dziesiątkami innych rannych widzów. Nie da się po prostu podejść i wykończyć Liddella. Za dużo świadków. Sam Navarro jest o kilka kroków, i na pewno uzbrojony.

Kolejne upokorzenie. Jego opinia legnie w gruzach, nie mówiąc już o koncie bankowym. Bałwan obiecał mu czterysta tysięcy dolarów za śmierć Daltona i Liddella. Spectre uważał, że to eleganckie rozwiązanie: wykończyć ich obu naraz. Przy tej liczbie ofiar nikt by nie zgadł, o kogo naprawdę chodziło.

Ale obaj żyją i nie będzie forsy. Zadanie stało się zbyt ryzykowne, by je wykonać, szczególnie z tym Navarro na karku. Z powodu niego trzeba się wycofać.

Wzrok Vincenta zatrzymał się na Ninie. Opatrywała właśnie jednego z rannych. To jej wina – klęska, jaką poniósł. Widocznie przekazała policji tyle informacji, że skojarzyli je z bombą. Mundur biletera na pewno był tu tropem.

To kolejny szczegół, o który nie zadbał, no i mamy wynik. Sędzia i prokurator żyją, a kasa poszła się bujać. I do tego ta pielęgniarka może go rozpoznać. Choć portret pamięciowy jest beznadziejny, Spectre miał przeczucie, że jeżeli Nina go zobaczy, to z pewnością go rozpozna. Stanowi zagrożenie, którego nie mógł dłużej lekceważyć. Ale teraz nie będzie okazji. Nie w tym tłumie, nie na ulicy. Przyjeżdżały kolejne karetki na sygnale. Policja wstrzymała ruch.

Trzeba się zmywać. Spectre odwrócił się na pięcie i oddalił. Z każdym krokiem jego frustracja narastała. Zawsze szczycił się tym, że uważa na drobiazgi.

Każdy, kto pracuje z materiałami wybuchowymi, musi przywiązywać wielką wagę do szczegółów, inaczej nie przeżyje. Spectre zamierzał pozostać w swojej branży, a to oznacza, że musi zadbać o drobiazgi. Więc następnym drobiazgiem będzie Nina.

Sam przystanął na chwilę wśród potłuczonego szkła i zmęczony popatrzył w stronę Niny. Minęło półtorej godziny od eksplozji, a na ulicy panowało jeszcze zamieszanie. Wozy policyjne i karetki parkowały po obu stronach, ich światła mrugały jak w dyskotece. Ratownicy byli wszędzie, odrzucali gruz i szukali rannych. Najcięższe przypadki odwieziono już do szpitali, ale dziesiątki jeszcze czekały na transport.

Pośrodku morza nieszczęścia Nina stanowiła oazę spokoju i kompetencji. Patrzył, jak uklękła przy jęczącym z bólu mężczyźnie i opatrywała jego krwawiącą rękę. A potem szepnęła coś do niego, pogładziła po policzku i zajęła się kolejną ofiarą. Zorientowała się, że ktoś ją obserwuje, i zerknęła w stronę Sama. Na chwilę ich spojrzenia spotkały się ponad tym całym chaosem. Pomachała mu i kiwnęła głową, jak gdyby chciała powiedzieć: będzie dobrze. Potem zwróciła się ku następnemu rannemu.

Sam powrócił znów do śledztwa. Gillis przyjechał trzy kwadranse wcześniej z maską i kombinezonem saperskim. Reszta ekipy dołączyła po kolei – najpierw trzech techników, potem Ernie Takeda i detektyw Cooley. Pojawił się nawet Abe Coopersmith, choć jego obecność była bardziej symboliczna niż praktyczna. To była działka Sama i wszyscy o tym wiedzieli. Wszyscy trwali w oczekiwaniu.

Sam i Gillis w hełmach z lampkami weszli do teatru. Poszukiwania utrudniały panujące w budynku ciemności. Sam, torując sobie drogę wśród gruzu, posuwał się lewym, a Gillis prawym przejściem. W tylnych rzędach foteli ucierpiała tylko tapicerka. Ale w miarę zbliżania się do sceny zniszczenia były coraz większe.

– Dynamit, sądząc po zapachu – stwierdził Gillis.

– Wygląda na to, że centrum wybuchu było z przodu.

Sam szedł powoli w kierunku kanału dla orkiestry. Światłem lampki na hełmie omiatał ciemności, badając podłogę wokół sceny – a może raczej tego, co było kiedyś sceną. Pozostał tylko stos strzaskanych desek.

– Tutaj jest krater – zauważył Gillis.

Sam dołączył do niego. Obaj uklękli, by lepiej się przyjrzeć. Tak jak przy bombie w kościele tydzień wcześniej, zagłębienie było płytkie, świadczące o eksplozji z opóźnionym zapłonem. Dynamit.

– Trzeci rząd naprzeciwko sceny – powiedział Sam. – Ciekawe, kto tu siedział.

– Numerowane miejsca? Jak myślisz?

– Jeżeli to prawda, to mamy piękną listę potencjalnych ofiar.

– To chyba jasne – potaknął Gillis.

– Możemy wezwać ekipę poszukiwawczą. – Sam wstał i natychmiast zakręciło mu się w głowie. Skutki wybuchu. Ostatnio widział tyle gruzowisk, że chyba mu się mózg zlasował. Trochę świeżego powietrza dobrze mu zrobi.

– W porządku? – zapytał Gillis.

– Tak. Muszę na chwilę wyjść.

Niepewnym krokiem ruszył w stronę holu i drzwi. Na ulicy oparł się o słup latarni, oddychając głęboko. Zawrót głowy minął i Sam się rozejrzał. Tłum przerzedził się, rannych już zabrano. Został tylko jeden ambulans.

Gdzie jest Nina? Ta myśl natychmiast go otrzeźwiła. Nigdzie jej nie widział. Sama znikła? Czy ją zabrano?

Młody policjant przy barierkach odgradzających scenę wybuchu, zapytany o pielęgniarkę bez fartucha, powiedział mu, że odjechała w jednej z karetek z rannym mężczyzną.

Podziękował mu, poszedł do swego auta i sięgnął po telefon. Musi się upewnić, czy jest bezpieczna. Wykręcił numer izby przyjęć jej szpitala. Linia była zajęta.

Zniechęcony wsiadł do samochodu.

– Jadę do szpitala! – zawołał w kierunku Gillisa.

– Zaraz wracam.

Nie zwracając uwagi na zdziwienie partnera, odbił od krawężnika i wyminął parkujące pojazdy policyjne. Kwadrans później zaparkował obok wejścia do izby przyjęć. Już w drzwiach słyszał odgłosy bieganiny. Poczekalnia była pełna ludzi. Przepchnął się przez tłum do recepcji, którą obsługiwała zagoniona pielęgniarka.

– Detektyw Navarro, policja z Portlandu – przedstawił się. – Czy pracuje tu Nina Cormier?

– Nie, nie dzisiaj, o ile mi wiadomo.

– Przyjechała jednym z ambulansów.

– Mogłam jej nie zauważyć. Zaraz sprawdzę.
– Połączyła się interkomem i zapytała: – Jest tu policjant. Chce rozmawiać z Niną. Jeżeli jest, może wyjść?

Czekał przez dobre dziesięć minut z narastającą niecierpliwością. Nina się nie pojawiała. Tłum w poczekalni gęstniał, a co gorsza, pojawili się reporterzy i kamery. Pielęgniarka w recepcji zapomniała o nim zupełnie.

Nie mógł już czekać dłużej i przepchnął się poza kontuar recepcji. Pielęgniarka uspokajała rozhisteryzowaną rodzinę; nie zauważyła nawet Sama, który wdarł się na zakazany obszar i podążał teraz korytarzem oddziału ratunkowego. Wszystkie pokoje zabiegowe były zajęte. Widział przerażone twarze, zakrwawione ubrania. Ale Niny nie było.

Wrócił do miejsca, z którego przyszedł, i zatrzymał się przy zamkniętych drzwiach. Była to sala operacyjna. Zza drzwi dobiegały głosy, dźwięk aparatury. Zdawał sobie sprawę, że to sytuacja kryzysowa i nie chciał przeszkadzać, ale nie miał wyboru. Otworzył drzwi.

Na stole leżał pacjent. Pod światłami jego ciało było białe i zwiotczałe. Przy nim uwijało się sześć osób – jedna przy reanimacji, inne przy kroplówkach i lekach. Stanął jak wryty, przerażony tą sceną.

– Sam?

Dopiero wtedy zauważył Ninę, która podeszła do niego z drugiego końca sali. Tak jak pozostałe pielęgniarki, ubrana była w niebieski strój personelu operacyjnego.

Wzięła go za ramię i wyciągnęła na korytarz.

– Co tu robisz? – zapytała ściszonym głosem.

– Znikłaś. Nie wiedziałem, co się z tobą stało.

– Przyjechałam karetką. Pomyślałam, że będą mnie potrzebować. – Spojrzała na drzwi sali. – I miałam rację.

– Nino, nie możesz tak po prostu znikać, nic mi nie mówiąc! Bałem się o ciebie.

Jej twarz wyrażała spokój i zdziwienie. Milczała.

– Słuchasz mnie? – zapytał.

– Tak – odrzekła cicho. – Ale nie wierzę własnym uszom. Chyba się wystraszyłeś.

– Nie. Tylko... Chciałem powiedzieć... – Zrezygnowany potrząsnął głową. – Dobrze. Wystraszyłem się. Nie chciałem, żeby ci się coś stało.

– Bo jestem twoim świadkiem?

Spojrzał jej w oczy, te piękne i poważne oczy. Nigdy dotąd nie czuł się tak uzależniony. To było nowe uczucie i wcale mu się nie podobało. Nie należał do mężczyzn, których łatwo można nastraszyć, ale fakt, że doświadczył takiego strachu na myśl, że mógłby ją utracić, uświadomił mu, że zaangażował się o wiele bardziej, niż miał to w planach.

– Sam? – Wyciągnęła rękę i dotknęła jego twarzy.

Schwycił jej dłoń i delikatnie opuścił.

– Następnym razem musisz mi powiedzieć, dokąd idziesz. Chodzi o twoje życie. Jeżeli chcesz ryzykować, to twoja sprawa. Ale dopóki nie zaaresztujemy Spectre'a, to ja za ciebie odpowiadam. Rozumiesz?

Uwolniła dłoń; był to gest nie tylko fizyczny, ale mający też znaczenie emocjonalne, i to go zraniło.

– Rozumiem to doskonale – odrzekła sztywno.

– To dobrze. A teraz powinnaś wrócić do hotelu.

– Nie mogę teraz wyjść. Potrzebują mnie.

– Ja ciebie też potrzebuję. Żywej.

– Rozejrzyj się! – Wskazała na zapchaną rannymi poczekalnię. – Ci wszyscy ludzie muszą być zbadani i opatrzeni. Nie mogę tak po prostu wyjść.

– Nino, mam zadanie do wykonania. A twoje bezpieczeństwo jest jego częścią.

– Ja też mam zadanie do wykonania!

Na chwilę ich wzrok się spotkał. Potem Nina wyrzuciła z siebie:

– Nie mam na to czasu! – i ruszyła w stronę sali.

– Nina!

– Wykonuję moją pracę. A ty zajmij się swoją.

– Przyślę kogoś, żeby cię pilnował.

– Rób, co chcesz.

– O której skończycie?

Zatrzymała się i spojrzała na czekających pacjentów.

– Mogę tylko zgadywać. Rano?

– A więc przyjadę po ciebie o szóstej.

– Jak pan uważa, detektywie – odparowała i popchnęła drzwi do sali. Widział ją jeszcze przez chwilę, jak dołączyła do zespołu chirurgicznego, a potem drzwi się zamknęły.

Ona ma rację, pomyślał. Powinienem zająć się pracą. Z telefonu w wozie połączył się z Presslerem i kazał mu przysłać swojego zmiennika do izby przyjęć Centrum Medycznego Maine, by podjął służbę w nocy. Uspokojony, że Nina będzie w dobrych rękach, wrócił na miejsce eksplozji. Była jedenasta trzydzieści. Noc dopiero się zaczynała.

Tylko siłą woli przetrwała następne siedem godzin. Rozmowa z Samem zraniła ją i rozgniewała. Musiała zmusić się, by skoncentrować się na pracy i zająć się dziesiątkami rannych wypełniających poczekalnię. Lecz co jakiś czas, kiedy robiła sobie przerwę, by zebrać myśli lub odetchnąć, przyłapywała się na tym, że zastanawia się nad słowami Sama.

„Mam zadanie do wykonania. A twoje bezpieczeństwo jest jego częścią". To wszystko, czym ona jest dla niego? Zadaniem, ciężarem? A czego właściwie oczekiwała? Od samego początku był funkcjonariuszem państwowym, uosobieniem chłodu. Oczywiście, że miał przebłyski cieplejszych uczuć. Czasem nawet można było w nim dostrzec człowieka o prawdziwej dobroci. Ale zawsze, gdy była przekonana, że ujrzała prawdziwego Sama, uciekał jak oparzony.

Tej nocy tylko praca trzymała ją przy życiu. Nawet nie zauważyła, kiedy wstało słońce. Przed szóstą była już tak zmęczona, że z trudem utrzymywała się na nogach, ale przynajmniej poczekalnia była pusta. Większość personelu medycznego, jeszcze pod wpływem szoku, zebrała się w pokoju wypoczynkowym na zasłużoną kawę. Nina już miała do nich dołączyć, kiedy usłyszała swoje imię.

Odwróciła się i zobaczyła Sama. Wyglądał na równie wyczerpanego jak ona. Zmęczone oczy, nieogolona twarz. Na jego widok gniew, który wzbierał w niej przez całą noc, zniknął natychmiast. Mój biedny, biedny Sam, pomyślała. Dajesz z siebie tak wiele, a czy ktoś ci podziękuje?

Nie odezwał się, tylko popatrzył na nią ze znużeniem. Otoczyła go ramionami i przez chwilę stali objęci, drżąc ze zmęczenia. Potem usłyszała jego cichy głos:

– Chodźmy do domu.

– Tak. Chcę tego – odrzekła z uśmiechem.

Nie pamiętała, jak dotarli na miejsce. Wiedziała tylko, że przysnęła i chwilę później znalazła się już na podjeździe, a Sam próbował ją dobudzić. Razem dowlekli się do domu, do jego sypialni. Nie miała siły na żadne zdrożne myśli, nawet wtedy, gdy rozebrali się i padli do łóżka, nawet gdy jego usta dotknęły jej twarzy i poczuła we włosach jego ciepły oddech. Zaraz zasnęła.

Było jej tak ciepło, tak cudownie, kiedy leżała obok niego. Jak gdyby tu było jej miejsce, w jego łóżku. Sam patrzył zaspanymi oczyma na Ninę, która spała jak kamień. Było już po południu. Powinien wstać dawno temu, ale nie miał na to siły. Robi się za stary na tę pracę. Przez ostatnie osiemnaście lat był gliniarzem pełną gębą. Chociaż przeżywał momenty, kiedy nienawidził swej pracy, kiedy jej ponure strony przyćmiewały fakt, że ją kochał, to nigdy dotąd nie miał wątpliwości co do swego powołania. A teraz zupełnie przestało mu na tym zależeć.

Teraz pragnął spędzić wieczność w tym łóżku, patrząc na tę kobietę. Napawał się jej widokiem. Tylko we śnie mógł bezpiecznie się jej przyglądać. Inaczej czuł się zbyt odsłonięty, mogła odczytać jego myśli, przełamać bariery, dotrzeć prosto do jego serca. Bał się przyznać, nawet przed sobą samym, do uczucia, jakie do niej żywił.

Nie może dopuścić, by odeszła. Czy to znaczy, że ją kocha? Tego nie wiedział. Zdawał sobie jednak sprawę, że nie tak to miało się potoczyć. Poprzedniej nocy na gruzach teatru podziwiał tę nową Ninę, jakiej przedtem nie znał. Kobietę pełną współczucia i jednocześnie siły.

Byłoby bardzo łatwo się w niej zakochać, ale to byłby błąd. Za miesiąc, za rok przejrzy na oczy i zobaczy, kim on jest naprawdę: zwykłym facetem wykonującym swą pracę najlepiej jak potrafi, a nie bohaterem z odznaką policyjną. Tymczasem ona w tym szpitalu, otoczona facetami takimi jak Robert Bledsoe, z tytułami naukowymi i rezydencjami nad oceanem... Czy szybko zmęczyłaby się gliną, który się w niej zakochał?

Usiadł na brzegu łóżka i przeczesał ręką włosy, próbując pozbyć się resztek snu. Jego umysł pracował na pół gwizdka. Potrzebował kawy, jedzenia, czegokolwiek, by zaskoczyć. Jeszcze tyle szczegółów do wyjaśnienia, tyle wątków do sprawdzenia.

Nagle poczuł na plecach dotknięcie miękkie jak jedwab. Natychmiast zapomniał o pracy. Odwrócił się i zobaczył, że Nina uśmiecha się do niego, jeszcze zaspana, ale wypoczęta i zadowolona.

– Która godzina?

– Dochodzi trzecia.

– Tak długo spaliśmy?

– Oboje potrzebowaliśmy snu. Mogliśmy się zrelaksować, bo Pressler obserwuje dom.

Otworzyła ramiona. Trudno się było oprzeć takiemu zaproszeniu. Przyjmując je z westchnieniem, położył się obok Niny i poszukał jej ust. Ich ciała zareagowały natychmiast. Ramiona splotły się, stali się jednym ciepłem. Nie miał już odwrotu, za bardzo jej pragnął. Chciał poczuć, jak się połączą po raz ostatni. Jeżeli nie może jej zatrzymać, to może ją mieć choć przez chwilę. I na zawsze zapamięta jej twarz, jej uśmiech, jej słodki jęk pożądania. Ale nawet gdy osiągnął szczyt, kiedy ogarnęło go wspaniałe uczucie ulgi, pomyślał, że to za mało.

To zawsze będzie za mało. Nie pragnął tylko jej ciała, pragnął jej duszy.

Zaspokoił na jakiś czas swoją namiętność, ale w dalszym ciągu nękało go poczucie depresji i braku satysfakcji. Nie tego oczekuje samotny facet. Był zły na siebie, że doprowadził do tej sytuacji. Pozwolił tej kobiecie zająć tak ważne miejsce w swoim życiu. Coraz ważniejsze.

Teraz może tylko uciec. Wstał i poszedł wziąć prysznic. Kiedy pojawił się znowu, jeszcze mokry, siedziała na brzegu łóżka i przyglądała mu się ze zdziwieniem.

– Muszę wracać do pracy – oznajmił, wkładając czystą koszulę. – Poproszę Presslera, żeby wszedł do środka.

– Bomba wybuchła i to kończy sprawę. Spectre jest już pewnie o tysiąc mil stąd.

– Nie mogę ryzykować.

– Inni też mogą go rozpoznać. Na przykład bileterzy.

– Jeden uderzył głową o krawężnik. Na przemian traci i odzyskuje przytomność. Drugi nie może się nawet zdecydować co do koloru oczu Spectre'a. Oto jak pomocni są bileterzy.

– Ale masz innych świadków i Spectre o tym wie. To nam rozwiązuje sprawę.

– Co przez to rozumiesz?

– Mogę przestać się martwić, że będę ofiarą, a ty nie musisz już mnie ochraniać. I możesz wrócić do pracy.

– To jest część mojej pracy.

– Już mi o tym mówiłeś.

Uniosła brodę. W jej oczach błysnęły łzy.

– Szkoda, że nie jestem czymś więcej niż twoja praca. O Boże, chciałabym...

– Nino, proszę. To nie pomaga ani tobie, ani mnie.

Opuściła głowę. Ukłąkł przed nią i wziął ją za ręce.

– Wiesz, że mi się podobasz.

Zaśmiała się ironicznie.

– To chyba oczywiste.

– Jesteś wspaniałą dziewczyną. Jeżeli kiedyś mnie przywiozą karetką do szpitala, mam nadzieję, że to ty się mną zajmiesz.

– Ale?

– Ale... nie mogę sobie wyobrazić nas razem. Nie na dłuższą metę.

Zranił ją i nienawidził siebie za tchórzostwo. Nie miał w sobie głębokiej wiary w przyszłość ich związku. Nie miał wiary w nią. Jednego był tylko pewien – tego, że nigdy jej nie zapomni. Wstał, ale Nina nie zareagowała.

– Tu nie chodzi o ciebie, Nino, tylko o mnie. Wiele lat temu coś się wydarzyło. Przekonało mnie to, że sytuacja, w jakiej się znajdujemy, nie może trwać. Jest sztuczna. Przerażona kobieta. Glina. Prowadzi to do mało realistycznych oczekiwań.

– Daruj sobie te wykłady z psychologii, Sam. Nie muszę słuchać o źle ulokowanych uczuciach.

– Musisz mnie zrozumieć. Bo to działa w dwie strony. Co ty czujesz do mnie i co ja czuję do ciebie. Chcę się tobą opiekować, chcę cię ochraniać. Ja też nie mogę dać sobie z tym rady.

– Powiedziałeś, że coś się wydarzyło. Kobieta...?

Skinął głową.

– Ta sama sytuacja? Przestraszona kobieta, opiekuńczy glina?

Znów skinął głową.

– Och! – Potrząsnęła głową i mruknęła: – Ale wpadłam. No nieźle...

– Oboje wpadliśmy.

– I kto kogo zostawił, Sam? Poprzednim razem?

– Zdarzyło się to tylko raz. Poza tobą.

Odwrócił się i zaczął spacerować po pokoju.

– Byłem początkującym gliną. Dwadzieścia dwa lata. Przydzielono mnie do ochrony kobiety, za którą ktoś chodził. Mówiła, że ma dwadzieścia osiem lat, ale była bliżej czterdziestki. Nic dziwnego, że się zadurzyłem. Najdziwniejsze było to, że z wzajemnością. Przynajmniej do chwili, kiedy kryzys minął. Wtedy stwierdziła, że nie jestem wcale taki wspaniały. I miała rację. – Urwał i spojrzał na nią. – To jest ten cholerny realizm życiowy. Odziera nas ze złudzeń. A ja jestem zwykłym, ciężko pracującym gliniarzem. Najczęściej uczciwym. Bystrzejszym niż inni, głupszym od jeszcze innych. Krótko mówiąc, nie jestem bohaterem. Więc kiedy to zrozumiała, odwróciła się na pięcie i odeszła w siną dal, pozostawiając za sobą smutnego, za to mądrzejszego żółtodzioba.

– I myślisz, że ja to też zrobię.

– Powinnaś. Bo zasługujesz na tak wiele, Nino. Na więcej, niż mógłbym ci dać.

– To, czego naprawdę chcę, nie ma nic wspólnego z tym, co może mi dać jakikolwiek mężczyzna.

– Pomyśl o Robercie. O tym, co mogliście mieć.

– Robert to doskonały przykład! Miał wszystko. Poza tym, czego od niego potrzebowałam.

– A co to było?

– Miłość, lojalność. Uczciwość.

Właśnie to pragnął jej ofiarować.

– Teraz myślisz, że to wystarcza. Ale kiedyś możesz stwierdzić, że to za mało.

– To więcej, niż otrzymałam od Roberta. – Więcej, niż dostanę kiedykolwiek od ciebie, mówiły jej oczy.

Nie próbował przekonywać jej, że może być inaczej.

– Zawołam Presslera. Zostanie z tobą przez cały dzień. Zgoda?

– Nie ma takiej potrzeby.

– Nie powinnaś być sama.

– I nie będę. Wrócę do domu ojca. Jest tam skomplikowany system alarmowy. No i psy. Teraz, kiedy już wiemy, że to nie Daniella biega w kółko, podkładając bomby, będę tam bezpieczna. – Rozejrzała się wokół. – Zresztą nie powinnam się ukrywać u ciebie w domu.

– Możesz tu zostać tak długo, jak to będzie konieczne.

– Nie rozumiesz, Sam. Jest jasne dla nas obojga, że ten związek nie ma przyszłości.

Nie podjął dyskusji. I to, nie co innego, ubodło ją najbardziej. Poznał to po jej twarzy.

– Zawiozę cię tam – powiedział, po czym odwrócił się i wyszedł, bo nie mógł znieść jej wzroku.

ROZDZIAŁ DWUNASTY

– Chyba wiemy, kto miał być ofiarą – stwierdził Sam. – Nasz wspaniały prokurator okręgowy, Liddell. Właśnie tak.

Abe Coopersmith patrzył to na niego, to na Gillisa.

– Jesteście pewni?

– Raczej tak. Bomba musiała być podłożona gdzieś w trzecim rzędzie, między miejscami siódmym a dziesiątym. Zaproszenia były rezerwowane parę tygodni wcześniej. Zanalizowaliśmy listę zaproszonych siedzących na tych miejscach, lub niedaleko nich. Liddell i jego żona byli w samym środku. Zginęliby na miejscu.

– Kto jeszcze siedział w tym rzędzie?

– Sędzia Dalton, kilka foteli dalej – odrzekł Gillis.

– Pewnie też by zginął. Lub zostałby poważnie ranny.

– A inni goście w tym rzędzie?

– Sprawdziliśmy ich. Profesor prawa z Kalifornii. Kilku krewnych sędziego Daltona. Paru pracowników kancelarii prawnej. Wątpliwe, czy ktoś z nich zainteresowałby płatnego zabójcę. I pewnie zaintryguje pana ostatni raport Erniego. Dynamit marki Dupont. Lont firmy Prima. Zielona taśma izolacyjna.

– Spectre – zawyrokował Coopersmith. Usiadł wygodniej i westchnął ze znużeniem. Wszyscy byli zmęczeni. Każdy z nich pracował przez całą noc, potem złapał kilka godzin snu i wrócił na posterunek. Była piąta po południu, niedługo zacznie się kolejna noc. – Ten facet powraca z zaświatów z żądzą krwi – dodał.

– Tak, ale coś nie ma szczęścia – zauważył Gillis. – Niedoszłe ofiary przeżyły zamach. Liddell. Sędzia Dalton. Nina Cormier. Legendarny Vincent Spectre musi być bardzo sfrustrowany.

– A jaki wstyd! – dodał Sam. – Ucierpiała jego opinia, a może nawet po takim niepowodzeniu jest skończony.

– Wiemy, kto go wynajął?

Sam i Gillis wymienili spojrzenia.

– Zgadujemy w ciemno.

– Billy Binford?

Sam potwierdził skinieniem głowy.

– Jego proces ma się odbyć za miesiąc. Liddell był przeciwny ugodzie. Mówi się, że wyrok skazujący jest mu potrzebny w kampanii wyborczej. Bałwan wie, że grozi mu wiele lat więzienia. Chce się pozbyć Liddella.

– Gdyby Sam nie ewakuował teatru – wtrącił Gillis – to stracilibyśmy połowę prokuratorów. Sądy zostałyby zablokowane na kilka miesięcy. Tym sposobem prawnicy Binforda załatwiliby mu ugodę.

– Czy możemy to udowodnić?

– Jeszcze nie. Adwokat Binforda, Albert Darien, udaje, że nic nie wie. Laboratorium bada taśmy z kamer w więzieniu i przygląda się osobom odwiedzającym Binforda. Może zidentyfikujemy pośrednika.

– Myślicie, że to nie adwokat?

– To możliwe. Jeżeli znajdziemy pośrednika, możemy go powiązać ze Spectre'em.

– Idźcie tym tropem – zgodził się Abe Coopersmith. – Chcę mieć tego faceta. I to szybko.

Wpół do szóstej odprawa się skończyła, a Sam w poszukiwaniu zastrzyku kofeiny na następne osiem godzin poszedł po kawę do automatu. Zdążył wypić tylko łyk, gdy przybył Norm Liddell. Sam nie mógł stłumić w sobie uczucia satysfakcji na widok siniaków i zadrapań na twarzy prokuratora. Obrażenia nie były znaczne, ale ubiegłej nocy, po eksplozji, Liddell dosyć głośno domagał się pomocy lekarskiej. Jego żona, która miała złamaną rękę, kazała mu się w końcu zamknąć i zachowywać jak mężczyzna. Teraz jego poharatana twarz wyrażała skruchę.

– B...ry wieczór, Navarro – bąknął.

– ...wieczór.

– Chciałbym, no... – Odchrząknął i rozejrzał się wokół, jakby chciał sprawdzić, czy nikt go nie słucha.

– Jak się czuje żona? – zapytał Sam.

– Dobrze. Będzie w gipsie przez jakiś czas. Na szczęście to nie było otwarte złamanie.

– Była wczoraj bardzo dzielna, zważywszy jej obrażenia – ocenił Sam. Nie tak jak ty, pomyślał.

– O tak, moja żona ma nerwy ze stali. Właściwie to o tym chciałem porozmawiać.

– Tak?

– Posłuchaj, Navarro. Wczoraj... chyba niepotrzebnie na ciebie naskoczyłem. Nie wiedziałem, że miałeś informację o bombie.

Sam nie odezwał się ani słowem. Nie chciał przerywać przedstawienia, które sprawiało mu taką radość.

– Kiedy zastanowiłem się nad tą sprawą, nad ewakuacją, uznałem, że powinienem był wiedzieć, że miałeś swoje powody. Ale, do cholery, widziałem tylko tych wszystkich rannych. Myślałem, że doprowadziłeś do tego bez żadnej przyczyny i... – Urwał. Widać było, że ze sobą walczy. – Jak by nie było, przepraszam.

– Przeprosiny przyjęte. – Po tych słowach Liddell odetchnął z ulgą. – Może pan powiedzieć żonie, że sprawa jest załatwiona.

Wyraz twarzy Liddella zdradził Samowi, że jego podejrzenia były słuszne. Przeprosiny były pomysłem pani Liddell, niech Bóg błogosławi jej nerwy ze stali. Nie mógł powstrzymać uśmiechu, widząc, jak prokurator sztywno idzie w stronę biura kapitana Coopersmitha. Pan prokurator okręgowy nie jest w swoim domu tą osobą, która nosi spodnie.

– Hej, Sam! – zawołał Gillis, wkładając po drodze marynarkę. – Idziemy.

– Dokąd?

– Obejrzeć taśmę z więzienia. Bałwan i jego gość sprzed kilku dni.

Sam poczuł nagły przypływ adrenaliny.

– To był Spectre?

– Nie, to była kobieta.

– To ta. Blondynka.

Sam i Gillis pochylili się w stronę ekranu, by przyjrzeć się czarno-białemu obrazowi kobiety. Jej twarz co chwilę zasłaniały inne osoby odwiedzające więzienie. Kobieta miała rzeczywiście jasne włosy, dwadzieścia do trzydziestu lat i figurę seksbomby.

– Dobra, zatrzymaj – powiedział Cooley do technika obsługującego wideo. – Tu ją dobrze widać.

W stop klatce pojawiła się sylwetka kobiety między dwoma innymi odwiedzającymi. Kobieta była ubrana w prostą spódnicę i chyba miała w ręku teczkę. Sądząc po ubraniu, mogła być prawniczką lub kobietą interesu. Ale dwa szczegóły nie pasowały. Jednym były buty. Kamera uchwyciła jej lewą stopę w seksownym sandałku na wysokiej szpilce, z delikatnym paseczkiem w kostce.

– Czegoś takiego nie wkłada się do sądu – zauważył Sam.

– Chyba że chce się uwieść sędziego – dodał Gillis. – I popatrz na jej makijaż.

To był ten drugi szczegół, który nie pasował. Żadna prawniczka nie wymalowałaby się tak do pracy. Sztuczne rzęsy. Cienie na powiekach jak tropikalna ryba. Szminka do ust nałożona długimi, śmiałymi pociągnięciami.

– Stary, to nie jest zwykła dziewczyna – zauważył Gillis.

– Jakie jest nazwisko w książce wejść? – zapytał Sam.

Cooley spojrzał do notatek.

– Wpisała się jako Marilyn Dukoff. Za cel wizyty podała konsultację adwokata z klientem.

Gillis roześmiał się.

– Jeżeli ona jest adwokatem, to idę na prawo.

– Powiedziała, dla jakiej kancelarii pracuje?

– Frick i Darien.

– Kłamała?

– Nie ma jej na liście partnerów, aplikantów i urzędników. Ale... chyba wiemy, gdzie pracuje.

– No?

– Klub Alhambra.

Gillis spojrzał przeciągle na Sama, robiąc minę „a nie mówiłem"?

– Niech zgadnę! – Sam się roześmiał. – Tancerka egzotyczna.

– Bingo – potwierdził Cooley.

– Czy na pewno mówimy o tej samej Marilyn Dukoff?

– Myślę, że tak – odparł Cooley. – Wszyscy odwiedzający więzienie muszą okazać dowód tożsamości. Blondynka podała nazwisko i przedstawiła prawo jazdy ze stanu Maine. Wyciągnęliśmy jej akta. Tu jest zdjęcie.

Cooley podał kopię zdjęcia Samowi i Gillisowi, ciekawy ich reakcji.

– To ona – potwierdził Gillis.

– Myślę, że wparowała pod własnym nazwiskiem i nie zawracała sobie głowy fałszywym dowodem tożsamości. Sfałszowała jedynie zawód.

– Który nic wspólnego nie ma z prawem – orzekł Gillis.

– Dobra robota. – Sam skinął głową w stronę Cooleya.

– Niestety – dodał młody detektyw – nie mogę znaleźć tej kobiety. Rzuciła pracę dwa tygodnie temu. Posłałem człowieka pod adres na jej prawie jazdy. Nikt nie otwiera. Telefon niedawno odłączono. Chyba pora na rewizję.

– Postarajmy się o nakaz. – Sam wstał i spojrzał na Gillisa. – W samochodzie. Za dziesięć minut.

– Do blondynki?

– Chyba że masz lepsze propozycje?

Gillis zerknął w kierunku ekranu, na którym zatrzymał się obraz zgrabnej kostki i seksownego pantofelka.

– Lepsze niż to? – Roześmiał się. – Nie sądzę.

Policja jest zbyt blisko. Spectre, skulony w wejściu do apartamentowca obok domu Marilyn, obserwował wychodzących policjantów. Zdążył wcześniej sprawdzić, czy nie zostawiła śladów mogących doprowadzić do jej obecnego miejsca pobytu. Na szczęście zdołał się wymknąć tuż przed przybyciem Navarro.

Siedzieli tam od godziny. Są dobrzy, ale on jest lepszy. Kilka godzin po eksplozji przeniósł Marilyn do mieszkania w odległej części miasta. Wiedział, że policja odkryje, kim miały być jego ofiary, gdy znajdzie miejsce podłożenia bomby. I że Marilyn stanie się obiektem ich zainteresowania. Na szczęście poszła na współpracę.

Niestety, przestała już być potrzebna, i trzeba będzie zakończyć tę znajomość. Ale przedtem musi wykonać jeszcze jedno zadanie.

Twarz mu stężała na widok znanej sylwetki. Z budynku wyszedł Navarro. Kojarzył się Vincentowi ze wszystkimi niepowodzeniami ostatniego tygodnia. Ten detektyw jest mózgiem śledztwa, człowiekiem odpowiedzialnym za to, że Liddell jeszcze żyje.

Zamach nieudany. Forsy nie ma. Navarro kosztuje go kupę kasy. Spectre przyglądał się gliniarzom konferującym na chodniku. Była ich piątka, ale to Navarro skupiał na sobie gniew Spectre'a. To była wojna, test na determinację.

Najbezpieczniej byłoby wyjechać po cichu z miasta i poszukać kontraktów gdzie indziej. W Miami albo w Nowym Orleanie. Ale jego opinia ucierpiała znacznie; nie był już pewien, czy znajdzie pracę. Miał przeczucie, że Navarro nie zrezygnuje ze śledztwa, że gdziekolwiek Vincent się pojawi, tam będzie go ścigać. A poza tym musi się odegrać. Nie może tak po prostu zniknąć.

Trzech gliniarzy wsiadło do nieoznakowanego samochodu i odjechało. Chwilę potem odjechała reszta. Niczego nie znaleźli u Marilyn, już on o to zadbał.

Złap mnie, jeśli możesz, Navarro, pomyślał, bo złapię cię pierwszy. Wyprostował się z przytupem, czując, jak krew znowu zaczyna krążyć w jego zdrętwiałych nogach. Wyszedł z wnęki w bramie i za rogiem wsiadł do samochodu. Raz na zawsze musi to załatwić. Plan jest doskonały. Wymaga jednak pomocy Marilyn. Jeden krótki telefon – i nigdy więcej o nic jej nie poprosi.

Kolacja była świetna. Towarzystwo do kitu. Daniella, ubrana w mieniący się złotem, zielony obcisły trykot i krótką portfelową spódniczkę, przebierała obojętnie widelcem w sałacie, ignorując półmisek z pieczoną kaczką i dzikim ryżem. Nie rozmawiała z mężem ani on nie rozmawiał z nią, a Nina czuła się zbyt niezręcznie, by się odezwać.

Po przesłuchaniach sprawa romansu Danielli z Robertem wyszła na jaw. Nina nie mogła wybaczyć jej zdrady, ale mogła się przynajmniej zmusić do spędzenia z nią wieczoru w cywilizowany sposób.

Ojciec jednak był w szoku. Jego żonie na pokaz, blondynce młodszej od niego o trzydzieści lat, nie wystarczało małżeństwo dla pieniędzy. Potrzebowała młodszego mężczyzny. George Cormier, choć żenił się cztery razy, ciągle nie umiał znaleźć właściwej kobiety.

Chyba będzie czwarty rozwód, pomyślała Nina. Spojrzała na ojca, potem na Daniellę. Chociaż go kochała, nie mogła powstrzymać się od myśli, że oboje są siebie warci. W najgorszy możliwy sposób.

Daniella odłożyła widelec.

– Wybaczcie – powiedziała – ale nie mam apetytu. Pójdę obejrzeć film.

– A ja? – zdenerwował się George. – Wiem, że jestem tylko starym i nudnym mężem, ale kilka wieczorów w tygodniu to nie jest chyba zbyt wygórowana prośba? Biorąc pod uwagę wszystko, co w zamian dostajesz.

– Co dostaję? – Daniella zerwała się na równe nogi. – Wszystkie pieniądze świata nie zrównoważą małżeństwa z takim starym capem jak ty.

– Capem?

– Starym capem. Słyszysz? Starym. – Pochyliła się nad stołem. – W każdym znaczeniu tego słowa.

On też zerwał się od stołu.

– Ty zdziro...

– No dalej, zbluzgaj mnie. Ja też potrafię.

Odrzuciła ruchem głowy włosy i wyszła z jadalni. George jeszcze przez chwilę patrzył za nią. Potem opadł na krzesło i wyszeptał:

– O Boże, co ja miałem w głowie, że się z nią ożeniłem?

Nic nie miałeś w głowie, chciała odpowiedzieć Nina. Dotknęła ramienia ojca.

– Zdaje się, że żadne z nas nie potrafi dobierać sobie małżonka. Prawda?

Popatrzył na córkę ze współczuciem.

– Kochanie, mam nadzieję, że nie odziedziczyłaś po mnie braku szczęścia w miłości.

Siedzieli przez chwilę w milczeniu. Kolacja, prawie nietknięta, stała na stole. Z sąsiedniego pokoju dochodziła muzyka. Szybki dudniący rytm taśmy do aerobiku. Daniella starała się poskromić gniew, rzeźbiąc swoje nowe i lepsze ciało. Sprytna dziewczyna – po rozwodzie będzie wyglądać jak milion dolarów.

Nina westchnęła i odsunęła się z krzesłem od stołu.

– Nie wiem, tato, czy to brak szczęścia, czy jakaś wada charakteru, ale niektórym pisana jest samotność.

– Nie tobie, Nino. Ty musisz kogoś kochać. Zawsze musiałaś. I dlatego tak łatwo cię pokochać.

Zaśmiała się smutno, ale nic nie powiedziała. Łatwo pokochać, łatwo porzucić, pomyślała. Ciekawe, co teraz robi Sam. O czym myśli. Na pewno nie o niej. Za dużo w nim gliniarza, by rozpraszały go nieważne sprawy.

Ale kiedy zadzwonił telefon, nie mogła stłumić w sobie nadziei, że to może on. Serce jej biło mocno, kiedy słuchała Danielli odpowiadającej na telefon.

– To do ciebie, Nino. Szpital.

– Halo?

– Tu Gladys Power, przełożona nocnej zmiany. Przepraszam, że przeszkadzam. Dostałam pani telefon od pani mamy. Kilka osób z personelu jest chorych i chciałabym panią poprosić o zastępstwo w izbie przyjęć.

– Na nocnym dyżurze?

– Tak. Jest nam pani naprawdę potrzebna.

Nina spojrzała w stronę siłowni Danielli, skąd dobiegała coraz głośniejsza muzyka. Musi wydostać się z tego domu. Jak najdalej od tego pola bitwy.

– Dobrze, mogę wziąć zastępstwo.

– To do zobaczenia o jedenastej.

– O jedenastej? – zdziwiła się Nina. Nocna zmiana zaczynała się zwykle o północy. – Mam przyjść godzinę wcześniej?

– Jeżeli pani może. Jest nas za mało także na popołudniowym dyżurze.

– Dobrze. Będę o jedenastej.

Odłożyła słuchawkę i odetchnęła z ulgą. Tego potrzebuje. Pracy. Może osiem godzin sytuacji kryzysowych odwróci jej uwagę od Sama.

Marilyn rozłączyła się.

– Powiedziała, że przyjedzie.

Spectre pokiwał głową z aprobatą.

– Bardzo dobrze to załatwiłaś.

– No jasne. – Marilyn obdarzyła go pełnym satysfakcji uśmiechem, który zdawał się mówić: jestem warta każdego centa, którego mi dajesz.

– Niczego nie podejrzewa?

– Nic a nic. Mówię ci, przyjedzie. O jedenastej, tak jak chciałeś. – Marilyn oblizała drapieżnie wargi i zapytała: – A teraz dostanę to, co zechcę?

– A co chcesz? – Uśmiechnął się.

– Przecież wiesz.

Przykleiła się do niego i rozpięła mu pasek. Bezwiednie wstrzymał oddech, kiedy jej mała gorąca rączka wślizgnęła mu się w spodnie. Jej dotyk był rozkoszny, profesjonalny. Umiała sprawić, by mężczyzna błagał o więcej. Cieszmy się chwilą, pomyślał. Ona jest chętna, a on ma jeszcze sporo czasu. Trochę zabawy z Marilyn, a potem trzeba się zabrać do poważnej pracy.

Osunęła się na kolana.

– Powiedziałeś, że mi zapłacisz tyle, ile jestem warta.

– Obiecałem...

– Jestem warta bardzo dużo. Prawda?

– Tak... tak...

– A mogę być warta jeszcze więcej.

Szarpnął się gwałtownie z rozkoszy i oddychając ciężko, pieścił jej twarz i szyję. Taka długa smukła szyja. Tak łatwo można by teraz skończyć. Ale niech najpierw ona skończy...

– O tak – wyszeptała. – Jesteś gotowy.

Przyciągnął ją mocno do siebie i pomyślał, że może szkoda...

Było wpół do jedenastej, kiedy Sam, zmęczony, wszedł do domu. Najpierw usłyszał ciszę. Pustka. Dom stracił duszę.

Zapalił światła, ale to też nie rozwiało cieni. Od trzech lat był to jego dom, do którego co dzień wracał. Teraz to miejsce było zimne i obce. Kolacja? Nie miał siły gotować. Przez cały wieczór chciał zadzwonić, ale zawsze coś mu przeszkadzało. Teraz ma chwilę spokoju i zadzwoni do niej. Powie jej to, co bał się powiedzieć wcześniej. To, czego nie może już dłużej ukrywać przed nią ani przed sobą.

Zdał sobie z tego sprawę w trakcie przeszukiwania mieszkania Marilyn Dukoff. Stał w sypialni tej kobiety i wpatrywał się w puste szuflady i materac w paski. I nagle, bez żadnego ostrzeżenia, ogarnęło go uczucie samotności tak silne, że poczuł ból w sercu. Bo ten opuszczony pokój stał się nagle symbolem jego życia. Spełniał jakiś cel, miał swoją funkcję, a jednak był całkiem pusty.

Za długo już jestem gliną, pomyślał wtedy, to pochłania całe moje życie. W tej pustej sypialni zrozumiał, jak niewiele ma. Ani żony, ani dzieci, ani rodziny.

Nina otworzyła mu oczy na szansę. Tak, bał się. Wiedział, jak bardzo, jak głęboko zraniłoby go, gdyby go kiedyś opuściła. Ale jeżeli nie zaryzykuje...

Podniósł słuchawkę i wykręcił numer ojca Niny. Po chwili usłyszał obojętny głos Danielli.

223

– To Sam Navarro. Przepraszam, że dzwonię tak późno. Czy mogę rozmawiać z Niną?

– Nie ma jej.

Jak to nie ma? Miała pozostawać w bezpiecznym miejscu, a nie łazić bez ochrony. Bóg wie gdzie.

– Może pani mi powiedzieć, dokąd pojechała?

– Do szpitala. Zadzwonili, żeby wzięła nocny dyżur.

– W izbie przyjęć?

– Chyba tak.

– Dziękuję.

Odłożył słuchawkę. Uczucie rozczarowania ciążyło mu tak, jakby był to fizyczny ciężar spoczywający na jego barkach. Do diabła, nie będzie dłużej czekał. Powie jej od razu. Wykręcił numer oddziału ratunkowego.

– Izba przyjęć.

– Mówi detektyw Sam Navarro, z policji w Portlandzie. Czy mogę prosić Ninę Cormier?

– Niny nie ma.

– Jak przyjdzie, proszę jej przekazać, żeby zadzwoniła do mnie do domu.

– Dzisiaj jej nie będzie.

– Powiedziano mi, że ktoś do niej zadzwonił, aby przyjechała na nocny dyżur.

– Nic mi o tym nie wiadomo.

– Czy może pani to sprawdzić? To pilne.

– Zapytam przełożoną. Proszę zaczekać.

W ciszy, która zapadła, Sam usłyszał szum krwi w uszach. Coś tu nie gra. Włączył się jego instynkt.

– Detektywie – jego rozmówczyni wróciła do telefonu – przełożona nic o tym nie wie. Zgodnie

224

z grafikiem Nina nie ma dyżurów aż do przyszłego tygodnia.

– Dziękuję – odrzekł cicho Sam.

Siedział przez chwilę, myśląc o telefonie ze szpitala. Ktoś wiedział, że Nina jest u ojca. Ktoś namówił ją, by opuściła strzeżony dom wieczorem, kiedy jest mało świadków, którzy mogą zobaczyć, co się dzieje.

Ktoś? Spectre.

W mgnieniu oka wsiadł do samochodu. Ruszając z rykiem silnika, wiedział, że może być za późno. Trzymając kierownicę jedną ręką, pędził w stronę autostrady, wykręcając jednocześnie numer Gillisa.

– Jadę do szpitala! – krzyknął, usłyszawszy zaspany głos swojego partnera. – Spectre tam jest!

– Co?

– Nina miała fałszywy telefon z prośbą, żeby przyjechała do pracy. To na pewno on.

– Już jadę! – zawołał Gillis.

Sam skoncentrował się na drodze. Prędkościomierz pokazywał siedemdziesiąt mil. Osiemdziesiąt. Żebym tylko zdążył, modlił się. Przycisnął gaz do deski.

Podziemny parking szpitala opustoszał, ale Nina się tym nie przejęła. Często korzystała z niego w nocy, kiedy miała dyżury. Nie na darmo Portland to jedno z najbezpieczniejszych miast w Ameryce. Pod warunkiem, że się nie jest do odstrzału, pomyślała.

Zaparkowała i posiedziała jeszcze chwilę, żeby uspokoić nerwy. Chciała zacząć pracę w pełni skoncentrowana na swoich zadaniach. Nie na pogróżkach.

Nie na Samie. Jak już raz wejdzie w te drzwi, będzie przede wszystkim pielęgniarką.

Otworzyła drzwi i wysiadła. Brakuje jeszcze godziny do końca zmiany. O północy parking będzie pełen pracowników, przyjeżdżających i odjeżdżających. Teraz jednak było tu pusto. Przyspieszyła. Winda o dziesięć metrów, droga wolna.

Nie zauważyła mężczyzny, który wyszedł zza samochodu, ale poczuła, jak chwycił ją za ramię i przyłożył do skroni pistolet. Jej krzyk ucichł, kiedy zabrzmiały jego pierwsze słowa.

– Zamknij się, albo stracisz życie.

Szarpnął ją spod windy i popchnął w stronę zaparkowanych aut. Przez moment widziała jego twarz. Spectre. Ciągnął ją za ramię z przerażającą siłą. Szlochając i potykając się, walczyła z myślą, że zaraz ją zabije, tu, gdzie nikt nie widzi...

Łomot jej własnego pulsu był tak głośny, że w pierwszej chwili nie usłyszała cichego pisku opon. Jej prześladowca jednak zamarł, nie zwalniając ucisku ręki na jej ramieniu. Teraz i Nina usłyszała hamulce.

Z niezwykłą siłą Spectre rzucił nią za zaparkowany wóz. To moja jedyna szansa ucieczki, pomyślała.

Zaczęła się szamotać, starając mu się wyrwać. I tak ją zabije. Czy to się zdarzy w jakimś ciemnym kącie, czy tu, na środku, nie podda się bez walki. Kopała, walczyła i usiłowała dosięgnąć paznokciami jego twarzy.

Odwinął się i szybki cios wylądował na jej podbródku. Ból ją oślepił. Zatoczyła się i poczuła, że osuwa się na ziemię. Schwycił ją znów za ramię i zaczął wlec po asfalcie. Była zbyt oszołomiona, by nadal walczyć. Nagle w jej oczy wbiło się jaskrawe światło. Znów usłyszała jazgot opon i znalazła się w światłach reflektorów.

– Stać! – Sam. To Sam! – Puść ją, Spectre!

Lufa znów znalazła się przy głowie Niny.

– Cóż za precyzyjne wyczucie czasu, Navarro – zadrwił Spectre bez cienia paniki w głosie.

– Powiedziałem, puść ją.

– To rozkaz? Mam nadzieję, że nie. Bo biorąc pod uwagę położenie tej młodej kobiety – Spectre schwycił Ninę za brodę i odwrócił ją do Sama – obrażanie mnie może być szkodliwe dla jej zdrowia.

– Widziałem cię. Twoją twarz znają też bileterzy z Branta. Straciłeś powód, żeby ją zabić!

– Straciłem powód? Pomyśl trochę. – Spectre, ciągle trzymając broń przy skroni Niny, popchnął ją w kierunku Sama. – Z drogi, Navarro.

– Nie potrzebujesz jej...

– Ale ty jej potrzebujesz.

Nina dostrzegła na twarzy Sama ślad paniki. Stał z wycelowaną bronią, ale nie odważył się strzelić, bo ona stała na linii ognia. Próbowała osunąć się na ziemię, ale Spectre był zbyt silny, by jej nie utrzymać. Ciągnął ją ramieniem okręconym wokół szyi niczym stryczek.

– Odsuń się!

– Nie jest ci potrzebna!

– Cofnij się, albo ją rozwalę!

Sam zrobił krok do tyłu, potem następny. Jego broń stała się bezużyteczna. Gdy ich spojrzenia się spotkały, zobaczyła w oczach Sama rozpacz.

– Nina – powiedział. – Nina...

Spectre wciągnął ją do samochodu Sama, zatrzasnął drzwi i ruszył z piskiem opon. Zobaczyła jeszcze przesuwające się szybko za oknem zaparkowane samochody i betonowe słupy, a potem wóz przebił się przez szlaban bramki bezpieczeństwa. Spectre nacisnął gaz do dechy. Z rykiem silnika wypadli na ulicę.

Zanim zebrała myśli, broń znów była przy jej skroni. Spojrzała na jego przerażająco spokojną twarz. Twarz człowieka, który wie, że ma kontrolę.

– Nie mam nic do stracenia, jeżeli cię zabiję.

– A więc zrób to – wyszeptała.

– Mam plan. Jesteś jego częścią.

– Jaki plan?

Roześmiał się szczerze.

– Powiedzmy, że dotyczy on Navarro, jego wydziału i sporej ilości dynamitu. Lubię widowiskowe zakończenia, a ty? – rzekł z uśmiechem.

Teraz zrozumiała, że przed sobą ma potwora.

ROZDZIAŁ TRZYNASTY

Sam desperacko pędził rampą podziemnego parkingu. Wypadł z budynku w ostatniej chwili, by zobaczyć swój wóz ze Spectre'em za kierownicą. Straciłem ją, pomyślał, gdy tylne światła znikły mu z oczu. Mój Boże...

Wydał z siebie okrzyk gniewu, rozpaczy i usłyszał w ciemnościach echo. Za późno. Przyjechał za późno.

Błysk reflektorów sprawił, że się odwrócił i ujrzał światła samochodu, który wyjechał zza rogu.

– Gillis! – krzyknął. Kierowca nie zdążył jeszcze zahamować, kiedy Sam już wskoczył i zatrzasnął za sobą drzwi. – Jedź. Jedź! – zawołał.

– Co? – Gillis nie rozumiał, o co chodzi.

– Spectre ma Ninę! Szybciej!

– W którą stronę?

– W lewo. Tędy!

Gillis skręcił za róg, paląc asfalt, i dwie przecznice dalej dostrzegli tylne światła samochodu Sama, jak na skrzyżowaniu skręcał w prawo.

– Widzę go – rzekł Gillis i skręcił tak samo.

Spectre musiał ich zauważyć, bo chwilę później przyspieszył i przejechał skrzyżowanie na czerwonym. Samochody wpadały w poślizg, by uniknąć kolizji.

Kiedy Gillis lawirował między pojazdami, Sam wezwał przez telefon wszystkie wozy patrolowe. Przy odrobinie szczęścia otoczą Spectre'a.

– Ten facet to wariat – orzekł Gillis.

– Nie zgub jej.

– On nas wszystkich pozabija. Popatrz!

Przed nimi Spectre skręcił na pasy przeciwnego kierunku jazdy, wyminął samochód zbliżający się z naprzeciwka i w ostatniej chwili uciekł z powrotem na prawą stronę przed nadjeżdżającą ciężarówką.

– Trzymaj się za nimi! – rozkazał Sam.

– Robię, co mogę – odparł Gillis i zjechał na lewy pas, ale musiał wrócić na swoją stronę. Tracili sekundy, które działały na korzyść Spectre'a. Gillis w końcu zdołał wyprzedzić jeden samochód, a potem uciec przed nadjeżdżającą półciężarówką.

Spectre'a nie było nigdzie widać.

– Gdzie on jest, do cholery?

Wpatrywali się w drogę, widzieli tu i tam tylne światła innych samochodów, ale poza tym droga była pusta. Jechali dalej, mijali skrzyżowanie za skrzyżowaniem, badając wzrokiem boczne ulice. Po każdej przecznicy Sam wpadał w coraz większą panikę. Pół mili dalej musiał zaakceptować fakt, że go zgubili. A on utracił Ninę.

Gillis prowadził teraz w ponurej ciszy. Żaden z nich tego nie powiedział głośno, ale obaj wiedzieli, że los Niny może być przesądzony.

– Przykro mi, Sam – powiedział cicho Gillis.

– Boże, tak mi przykro.

Sam patrzył w przestrzeń ze łzami w oczach. Mijały chwile. Cała wieczność. Zgłaszały się wozy patrolowe. Nie było śladu skradzionego samochodu. Ani Spectre'a.

W końcu, o północy, Gillis zaparkował.

– Jest jeszcze szansa – powiedział.

Sam zwiesił głowę i podparł ją rękami. Szansa. Szukaj wiatru w polu. Ile bym dał za jedną małą szansę...

Jego wzrok spoczął na telefonie Gillisa. Jedna mała szansa. Podniósł słuchawkę i wybrał numer.

– Do kogo dzwonisz?

– Do Spectre'a.

– Co?

– Dzwonię na swój numer w samochodzie.

Słyszał, jak telefon dzwoni. Pięć razy. Sześć. W końcu Spectre odpowiedział wygłupowym falsecikiem.

– Halo, dodzwoniłeś się na policję w Portlandzie. Nikt nie może odebrać, bo zgubiliśmy telefon.

– Tu Navarro – warknął Sam.

– Witam, detektywie. Jak się pan miewa?

– Co z nią?

– Z kim?

– Jak dziewczyna?

– Ach, chodzi pewnie o tę młodą damę. Może sama panu powie.

Nastąpiła przerwa. Sam usłyszał przytłumione głosy oraz jakby cichy, daleki jęk. Potem usłyszał Ninę.

– Sam?

– Nie jesteś ranna?

– Nie, nie. Wszystko w porządku.

– Gdzie jesteś? Dokąd cię zabrał?

– Ooo – wtrącił Spectre – zakazany temat, detektywie. Obawiam się, że muszę zakończyć tę rozmowę.

– Zaczekaj. Zaczekaj! – zawołał Sam.

– Chcesz się pożegnać?

– Jeśli coś jej się stanie, przysięgam, że cię zabiję.

– I to mówi obrońca porządku publicznego?

– Mówię poważnie. Zabiję cię.

– Jestem w szoku.

– Spectre!

Odpowiedział mu cichy, szyderczy śmiech. A potem połączenie gwałtownie się urwało. Roztrzęsiony Sam chciał się jeszcze raz połączyć, ale linia była zajęta. Policzył do dziesięciu i zadzwonił znowu. Zajęte.

– Ona żyje. – Sam odłożył słuchawkę.

– Gdzie oni są?

– Nie zdążyła mi powiedzieć.

– Minęła godzina. Mogą być gdziekolwiek w promieniu pięćdziesięciu mil.

– Wiem, wiem.

Sam próbował zebrać myśli i nie ulegać panice. Wiele lat był policjantem i zawsze potrafił zachować zimną krew i zdolność koncentracji. Ale tej nocy, po raz pierwszy w swojej karierze, paraliżował go strach.

– Dlaczego jej nie zabił? – zastanawiał się Gillis.

Sam spojrzał na partnera. Przynajmniej mózg Gillisa jeszcze funkcjonuje.

– Ma jakiś powód – ciągnął Gillis.

– Karta przetargowa. Zabezpieczenie, na wypadek gdyby został złapany.

– Nie, może uciec. Teraz ona bardziej mu przeszkadza, niż pomaga. Zakładnicy spowalniają ucieczkę. Komplikują sprawy. Ale pozwala jej żyć.

Na razie, pomyślał Sam, wściekły z powodu swej bezradności. Spojrzał znowu na telefon i w jego głowie odezwało się echo. Przypomniał sobie coś, co usłyszał w telefonie podczas krótkiej przerwy, kiedy to Spectre podawał telefon Ninie. Ten odległy jęk, wznoszący się i opadający. Syrena. Wykręcił numer.

– Telefon alarmowy – usłyszał.

– Detektyw Sam Navarro, policja w Portlandzie. Proszę mi podać listę wozów wysłanych w ciągu ostatnich dwudziestu minut. W kierunku południowym. To pilne.

– Jakiego rodzaju pojazdy?

– Wszystkie. Karetki, straż pożarna, policja.

Przez chwilę panowała cisza.

– Detektywie, mówi kierowniczka zmiany. Sprawdziłam południowy Portland. W sumie mamy trzy wyjazdy w ciągu ostatnich dwudziestu minut. O jedenastej pięćdziesiąt pięć wysłano karetkę na adres 2203 Green Street. O dwunastej dziesięć policja pojechała na 751 Bickford Street, bo włączył się alarm. I o dwunastej trzynaście wezwano wóz policyjny w okolice Munjoy Hill, skąd zgłoszono zakłócenie porządku publicznego. Straży pożarnej w tym czasie nie wysyłano.

– Dobra, dziękuję.

Sam zakreślił na mapie trzy miejsca.

– Co teraz? – zapytał Gillis.

– Słyszałem syrenę w telefonie, kiedy rozmawiałem ze Spectre'em. To znaczy, że był niedaleko od karetki lub wozu policyjnego. Wysłano je w trzy miejsca.

Gillis popatrzył na mapę i potrząsnął głową.

– Tu są dziesiątki przecznic.

– Ale to już jest punkt zaczepienia.

– Taki jak stóg siana.

– Nic więcej nie mamy. Zacznijmy od Munjoy Hill.

– To szaleństwo, jeździć tak za syrenami.

– Munjoy Hill, Gillis. Jedź.

– Jesteś wykończony. Ja też. Wracajmy na posterunek i zaczekajmy na rozwój wypadków. Sam, słuchasz mnie?

– Tak, do diabła! – krzyknął Sam w przypływie furii. Potem z jękiem opuścił głowę. – To moja wina. To przeze mnie zginie. Byli tuż przede mną, a ja nie potrafiłem jej ocalić. W żaden sposób.

– Tyle dla ciebie znaczy? – Gillis westchnął ze zrozumieniem.

– I Spectre o tym wie, dlatego trzyma ją przy życiu. Aby mnie dręczyć. I manipulować mną. Ma w ręku asa i nim gra. Musimy ją znaleźć.

– Teraz ma przewagę. Ma kogoś, na kim tobie bardzo zależy. A ty jesteś gliną, na którym chce się zemścić.

Zadzwonił telefon.

– Gillis. – Po chwili rozłączył się i zapalił silnik. – Jackman Avenue – wyjaśnił, włączając się do ruchu. – To może być przełom. Znaleźli ciało.

Sam zastygł w bezruchu. Strach ścisnął mu krtań tak, że nie mógł oddychać.

– Czyje ciało? – zapytał cicho.

– Marilyn Dukoff.

Podśpiewywał „Dixie", splatając kolorowe druty i rozciągając je na podłodze. Nina siedziała na ciężkim bujanym fotelu, przywiązana za ręce i nogi. Mogła mu się tylko bezradnie przyglądać, jego skrzynce na narzędzia, lutownicy i dwóm tuzinom lasek dynamitu.

– Dixieland, mój Dixieland... – Spectre zakończył rozciąganie drutów i zajął się dynamitem. Za pomocą zielonej taśmy izolacyjnej połączył laski w pęczki po trzy i ułożył je w kartonowym pudełku. – Żyć w Dixieland, pić w Dixieland i umrzeć w słodkim Dixie! – ryczał, a jego głos odbijał się echem o wysokie ściany pustej hali. Odwrócił się do Niny i głęboko ukłonił.

– Jesteś szalony – wyszeptała.

– Czymże jest szaleństwo? Któż to wie?

Owinął zieloną taśmą ostatnie trzy laski dynamitu, a potem z podziwem przyjrzał się swojemu dziełu.

– Jak to mówią? „Nie szalej, tylko się zemścij". Nie jestem szalony. Ale mam zamiar się zemścić.

Podniósł pudełko z dynamitem, ruszył w kierunku Niny i nagle się potknął. Jej serce stanęło, kiedy pęczki dynamitu omal nie wypadły na podłogę tuż pod jej nogi. Łapiąc pudełko, Spectre głośno wciągnął powietrze, udając przerażenie. Ku zdumieniu Niny roześmiał się.

– Stary kawał – przyznał – ale zawsze działa.

Pomyślała, że naprawdę jest szalony. Patrzyła, jak rozkłada laski dynamitu w równej odległości od siebie.

– Naprawdę szkoda zmarnować tyle dobrego dynamitu, ale muszę zrobić wrażenie. I mam już dosyć Navarro i jego dziewięciu żywotów.

– Zakładasz pułapkę.

– Ale jesteś bystra.

– Dlaczego chcesz go zabić?

– Dlatego.

– On jest tylko policjantem wykonującym swoją pracę.

– Tylko policjantem? – Odwrócił się do niej, ale cień skrywał jego twarz. – On jest kimś więcej. Jest wyzwaniem. Moją nemezis, przeznaczeniem. I pomyśleć, że po tylu latach sukcesów w Bostonie czy Miami trafię w takim małym mieście na godnego siebie przeciwnika. Nawet nie w Portlandzie w Oregonie, a w Portlandzie w Maine. – Roześmiał się z obrzydzeniem do samego siebie. – Sprawa pomiędzy Navarro a mną skończy się w tym magazynie.

Podszedł do niej z ostatnią paczką dynamitu. Usiadł przy fotelu, na którym siedziała spętana Nina.

– Panno Cormier, dla pani zachowałem ostatnią eksplozję – oznajmił, przyklejając dynamit pod fotelem. – To się stanie tak szybko, że nie zorientujesz się nawet, jak wyrosną ci anielskie skrzydła.

– On nie jest idiotą. Domyśli się, że to pułapka.

Spectre zaczął rozwijać kolejne metry kabla splecionego z różnokolorowych drutów.

– Tak, to oczywiste, że to nie jest byle jaka bomba. Te wszystkie kable mają go zdezorientować. Nie znajdzie sensu... – Odciął biały, a potem czerwony. Połączył końce lutownicą. – A czas ucieka. Minuty, potem sekundy. Który kabel prowadzi do detonatora? Który powinien przeciąć? Przetnie niewłaściwy i wszystko idzie z dymem. Magazyn. Ty. I on, jeżeli wytrzyma do końca. To beznadziejny dylemat. Jeżeli zostanie, żeby rozbroić ładunek, możecie oboje zginąć. Jeżeli stchórzy i ucieknie, zginiesz ty, zostawiając go z poczuciem winy, od którego już się nie uwolni. W każdym wypadku Navarro będzie cierpiał.

– Nie możesz wygrać.

– Oszczędź mi moralizowania. Mam robotę. I nie za dużo czasu.

Podwiązał druty do pozostałych paczek dynamitu, krzyżując kolory i łącząc końcówki z zapalnikami. Mówił, że nie ma dużo czasu, przypomniała sobie Nina. Popatrzyła na przedmioty leżące na podłodze. Zegar cyfrowy. Nadajnik radiowy. Będzie to mechanizm czasowy, odliczanie uruchomi się przez ten nadajnik. Spectre zdąży bezpiecznie opuścić budynek po uzbrojeniu bomby. Kiedy ta eksploduje, on będzie już daleko.

Trzymaj się z dala, Sam. Proszę cię, żebyś trzymał się z dala. I żyj, pomyślała.

Spectre wstał z kolan i spojrzał na zegarek.

– Jeszcze godzina i dzwonię. – Uśmiechnął się do niej. – Trzecia nad ranem, panno Cormier. Godzina równie dobra jak inne, żeby umrzeć, prawda?

Leżące na podłodze bezwładne ciało kobiety było nagie od talii w dół. Dostała tylko jeden strzał, w głowę.

– Otrzymaliśmy wiadomość o dziesiątej czterdzieści pięć – raportował Yeats z Wydziału Zabójstw.

– Jeden z lokatorów zauważył plamy krwi przesiąkające przez sufit i wezwał właścicielkę. Otworzyła drzwi, zobaczyła ciało i wezwała nas. Znaleźliśmy dowód tożsamości w torebce ofiary. I zadzwoniliśmy do ciebie.

– Są jacyś świadkowie? – spytał Gillis.

– Nie. Użył tłumika, a potem wymknął się tak, że nikt go nie zauważył.

Sam rozejrzał się po skromnym pokoiku. Ściany nagie, szafy prawie puste, pudła z ubraniami na podłodze – wszystko wskazywało na to, że Marilyn Dukoff nie zdążyła się w nim urządzić.

Słowa Yeatsa potwierdziły jego przypuszczenia.

– Wprowadziła się wczoraj jako Marilyn Brown. Zapłaciła gotówką kaucję i czynsz za pierwszy miesiąc. To wszystko, co właścicielka mogła mi powiedzieć.

– Miała jakichś gości? – zapytał Gillis.

– Sąsiad zza ściany słyszał wczoraj męski głos. Ale nikogo nie widział.

– Spectre – powiedział Sam.

Kryminolodzy przeczesywali pokój w poszukiwaniu odcisków palców i innych dowodów. Sam wiedział, że nie znajdą niczego. Już Spectre o to zadbał. Nie ma sensu tutaj sterczeć, powinni raczej iść śladem syreny. Już miał ruszyć w stronę drzwi, gdy usłyszał głos jednego z policjantów:

– Niewiele w tej torebce. Portfel, klucze, kilka rachunków...

– Jakie rachunki? – zapytał Sam.

– Elektryczność, telefon. Woda. Na stare mieszkanie. Nazwisko Dukoff. Wysłane na skrytkę pocztową.

– Pokaż mi rachunek za telefon. – Omal nie jęknął z zawodu, kiedy go zobaczył. Składał się z dwóch stron. Wymienione w nim były rozmowy zamiejscowe, większość z nich do Bangor, kilka do Massachusetts i na Florydę. Odnalezienie numerów zajmie godziny i doprowadzi jedynie do przyjaciół i rodziny Marilyn.

Toteż skupił się na numerze podanym na samym dole rachunku. Była to rozmowa na koszt odbiorcy, z numeru South Portland, z datą sprzed dziesięciu dni, o dziesiątej siedemnaście wieczorem. Ktoś zadzwonił na koszt Marilyn, a ona zgodziła się ponieść koszt rozmowy.

– Może coś mamy – myślał głośno Sam.

– Zadzwońmy do centrali z samochodu, ale nie wiem, dokąd to ma nas zaprowadzić – mruknął Gillis.

– To przeczucie – przyznał Sam.

Gdy znaleźli się z powrotem w wozie Gillisa, Sam zadzwonił do kierownika Informacji Telefonicznej.

Po sprawdzeniu w komputerze pracownica potwierdziła, że rozmowę zamówiono z automatu.

– Róg Calderwood i Hardwick, South Portland.

– Tam jest chyba stacja benzynowa?

– Być może, detektywie. Ale nie wiem na pewno.

Sam rozłączył się i sięgnął po mapę South Portland. Znalazł to miejsce i pokazał Gillisowi.

– Ale tam są tylko tereny przemysłowe.

– Tym bardziej dziwne, że ktoś zadzwonił o tak późnej porze.

– To mógł być ktoś z rodziny albo ktoś znajomy.

– To musiał być Spectre – upierał się Sam w nagłym przypływie podniecenia. – South Portland. Jedziemy.

– Co?

Sam rzucił Gillisowi mapę.

– Tu masz Bickford Street. Wysłano tam patrol o dwunastej dziesięć. A tu jest Calderwood i Hardwick. Patrol policyjny musiał tamtędy przejeżdżać.

– Myślisz, że Spectre zaszył się gdzieś w okolicy?

Sam zakreślił na mapie koło.

– Jest gdzieś tutaj. Musi tu być.

Gillis włączył silnik.

– Może nasz stóg siana się skurczył.

Dwadzieścia minut później byli już na rogu Calderwood i Hardwick. Rzeczywiście, znajdowała się tam stacja benzynowa, nieczynna, z napisem „Na sprzedaż". Sam i Gillis siedzieli w wozie przy pracującym silniku i obserwowali ulicę. Nie było żadnego ruchu.

Gillis ruszył na Hardwick. Budynki przemysłowe. Tereny niezabudowane. Centrum wyposażenia żeglarskiego. Hurtowa sprzedaż drewna. Fabryczka mebli. Wszystko zamknięte, parkingi puste, budynki ciemne. Skręcili w Calderwood. Po przejechaniu niespełna mili Sam dostrzegł światło. Blade, słaba poświata dobywająca się z małego okienka, jedynego w tym budynku. Kiedy zbliżali się, Gillis wyłączył reflektory.

– To stary magazyn Stimsona – stwierdził Sam.

– Nie ma żadnego samochodu na parkingu – zauważył Gillis – ale chyba ktoś tam jest. Przecież przetwórnię Stimsona zamknięto w zeszłym roku, prawda?

Sam wysiadał już z samochodu

– Hej! – szepnął Gillis. – Nie powinniśmy po-prosić o wsparcie?

– Zadzwoń. Pójdę sprawdzić.

– Sam! – syknął Gillis. – Sam!

Naładowany adrenaliną, Sam zignorował ostrzeżenia partnera i ruszył w stronę magazynów. Ciemności działały na jego korzyść; jeżeli ktoś jest w środku, nie może go zauważyć. Przez szpary w śluzach dla ciężarówek zobaczył więcej światła. Obszedł budynek, ale nie mógł zajrzeć do środka, bo nie było okien. Tylne i frontowe drzwi były zamknięte. Przy wejściu spotkał Gillisa.

– Już jadą.

– Muszę się dostać do środka.

– Nie wiemy, co tam się dzieje. – Gillis stanął nagle i spojrzał na swój samochód.

Dzwonił telefon. Obaj podbiegli, by odebrać.

– Navarro.

– Detektywie – odezwał się dyspozytor – mogę przełączyć rozmowę? To podobno pilne.

Nastąpiła przerwa, kilka kliknięć w słuchawce i odezwał się męski głos.

– Cieszę się, że się dodzwoniłem, detektywie. Taki telefon w samochodzie to dobra rzecz.

– Spectre?

– Osobiste zaproszenie, detektywie. Tylko dla pana. Dawno oczekiwane spotkanie z kimś, kto jest obok mnie.

– Co z nią?

– Wszystko w najlepszym porządku. – Spectre przerwał i dodał z delikatną pogróżką: – Na razie.

– Czego żądasz ode mnie?

– Niczego. Chcę tylko, żebyś przyszedł i odebrał pannę Cormier. Sprawia mi kłopot. A ja muszę stąd wyjechać.

– Gdzie ona jest?

– Dam ci wskazówkę. Śledź.

– Co?

– Może nazwa Stimson coś ci mówi? Poszukaj adresu. Przepraszam, że mnie tu nie będzie, żeby cię przywitać, ale naprawdę muszę jechać.

Spectre wyłączył się i uśmiechnął się do Niny.

– Muszę jechać. Twój kochaś będzie tu za chwilę.

Podniósł skrzynkę z narzędziami i włożył do samochodu, którym wjechał do hali przez śluzę, by nie było go widać. Zostawia mnie na przynętę, pomyślała.

W magazynie było zimno, ale poczuła, jak kropla potu spływa jej po skroni, gdy zobaczyła, że Spectre sięga po nadajnik. Jeśli naciśnie guzik na urządzeniu radiowym, zacznie się odliczanie czasu do detonacji.

Po dziesięciu minutach bomba wybuchnie. Serce ścisnęło się jej boleśnie, gdy zobaczyła, że sięgnął do przycisku. Potem uśmiechnął się do niej.

– Jeszcze nie – powiedział – nie chcę zacząć zbyt wcześnie. Pożegnaj ode mnie Navarro. Powiedz mu, że żałuję, że nie zobaczę wielkiego bum.

Odsunął zasuwę na drzwiach śluzy i nacisnął klamkę. Drzwi podniosły się ze zgrzytem metalu. Były już prawie zupełnie otwarte, kiedy Spectre dosłownie zamarł. Tuż przed nim zapaliły się przednie światła samochodu.

– Stój! – padł rozkaz. – Ręce na głowę!

Sam, pomyślała Nina. Znalazłeś mnie...

– Ręce do góry! – krzyknął Sam. – Ręce!

Wydawało się, że Spectre zawahał się przez chwilę. Potem powoli podniósł ręce nad głowę.

– Sam! – krzyknęła Nina. – Tu jest bomba! Ma nadajnik!

– Odłóż to – rozkazał Sam. – Odłóż, bo strzelam!

– Ależ oczywiście – potaknął Spectre.

Powoli schylił się i postawił nadajnik na podłodze. W magazynie rozbrzmiał echem wyraźny odgłos kliknięcia. O Boże, uzbroił bombę, pomyślała Nina.

– Lepiej uciekajcie – powiedział Spectre i dał nura w bok, na stos skrzynek.

Nie był wystarczająco szybki. Sam zdążył strzelić dwa razy. Obydwa razy celnie. Spectre padł na kolana i zaczął się czołgać, jakby był pod wpływem alkoholu. Jak pływak próbujący swych sił na piasku.

– Już nie żyjecie. – Łapał powietrze ze świstem przypominającym śmiech. – Wszyscy...

Sam ruszył w kierunku Niny.

– Nie! – zawołała. – Stój!

– Co jest? – zapytał zdumiony.

– Pod fotelem jest bomba. – Nina zaczęła płakać. – Wybuchnie, jeżeli przetniesz więzy!

Sam natychmiast zarejestrował skręcone kable oplatające fotel i podążył za nimi wzrokiem do pierwszej wiązki dynamitu leżącej na widoku.

– Rozłożył osiemnaście lasek w całym budynku, trzy pod moim fotelem. Wybuchną za dziesięć minut.

Ich spojrzenia spotkały się. Nina zobaczyła w oczach Sama panikę, którą szybko stłumił. Przekroczył kabel i przykucnął obok jej fotela.

– Wyciągnę cię stąd – obiecał.

– Jest mało czasu!

– Dziesięć minut? – Roześmiał się nerwowo. – To kupa czasu. – Ukląkł i zajrzał pod siedzenie. Nie powiedział nic, ale kiedy się podniósł, spochmurniał. Odwrócił się i zawołał Gillisa.

– Tutaj. Mam skrzynkę z narzędziami. Co jest?

– Trzy laski pod fotelem, detonator czasowy. – Sam wysunął najeżony drutami mechanizm i ostrożnie postawił go na podłodze. – Wygląda na prosty obwód. Muszę to przeanalizować.

– Ile mamy czasu?

– Osiem minut i czterdzieści pięć sekund.

Gillis zaklął.

– Nie ma czasu na wezwanie ciężarówki saperskiej. Cholera!

Ciszę nocną przecięło wycie syren. Przy śluzie zatrzymały się dwa wozy policyjne.

– Mamy wsparcie. – Gillis podbiegł do drzwi, żeby powstrzymać ludzi. – Nie wchodzić! Mamy bombę! Otoczyć halę! Wezwijcie ambulans.

Ambulans nie będzie potrzebny, pomyślała Nina. Jeżeli ta bomba eksploduje, nie będzie co zbierać. Próbowała uspokoić galopujący rytm serca, by nie popaść w histerię, ale przejmujący strach utrudniał jej oddychanie. Nie mogła zrobić nic, aby ocalić życie. Miała związane nadgarstki i kostki. Jeżeli poruszy się zbyt gwałtownie, może zdetonować bombę.

ROZDZIAŁ CZTERNASTY

Sam badał kłębowisko drutów. Tyle kabli! Potrzebowałby godziny, by prześledzić ich drogę, a mają tylko minuty. Chociaż nie powiedział ani słowa, Nina widziała napięcie na jego twarzy i pierwsze krople potu zbierające się na czole.

Wrócił Gillis.

– Sprawdziłem budynek. Spectre podłożył piętnaście lub więcej lasek. Więcej zapalników nie widziałem. Mechanizm kontrolujący jest w twoich rękach.

– To zbyt proste – mruknął Sam, nie spuszczając z oka obwodów. – On chce, żebym przeciął ten drut.

– A może to podwójna zmyłka? Wiedział, że będziemy podejrzliwi. Specjalnie zrobił to jak najprościej, żeby nas zmylić.

– To wygląda jak detonator, ale pokrywa jest zalutowana na głucho. Pod spodem może być zupeł-

nie inny przycisk. Magnetyczny lont lub mechanizm Castle'a-Robinsa. Jeżeli zdejmę nakrętkę, może odpalić.

Gillis spojrzał na czasomierz.

– Pięć minut.

– Wiem.

Sam ochrypł z napięcia, ale absolutnie pewną ręką
sprawdzał obwody. Jedno szarpnięcie niewłaści-
wego kabla i wszyscy troje wyparują. Na zewnątrz
wyły kolejne syreny. Słychać było głosy i zamieszanie. Ale w środku panowała cisza. Sam wziął głęboki
oddech i zerknął na Ninę.

– W porządku?

Potaknęła, choć zobaczył, że zaczyna panikować.
Na to liczył Spectre. Dylemat bez wyjścia. Który drut
przeciąć? Jeden? Żaden?

Obydwoje zginą.

– Dwie i pół minuty – oznajmił Gillis.

– Wychodź stąd – rozkazał Sam.

– Przyda ci się dodatkowa para rąk.

– A twoim dzieciom ojciec. Wynoś się, do diabła.

Gillis nie ruszył się. Sam podniósł kombinerki
i wybrał biały kabel.

– Zgadujesz, Sam.

– Instynkt, stary. Zawsze mi się udawało. Lepiej
wyjdź. Już tylko dwie minuty. Nic mi nie pomożesz.

– Sam...

– Wychodź.

– Czekam z butelką whisky – szepnął Gillis.

– Dobrze. A teraz idź.

Zostali we dwoje.

– Sam – wyszeptała Nina.

247

Wydawało się, że jej nie słyszy, bo za mocno koncentrował się na obwodzie. Kombinerki zawisły w powietrzu, gdy Sam dokonywał ostatecznego wyboru między życiem a śmiercią.

– Wyjdź, Sam – poprosiła.

– Nino, to jest moja praca.

– Twoją pracą nie jest umieranie!

– Nie umrzemy.

– Masz rację. Ty nie. Jeżeli teraz wyjdziesz...

– Nie wychodzę. Rozumiesz?

Zobaczyła, że zdecydował się. Wybrał życie – lub śmierć – z nią. Nie patrzył na nią glina, ale mężczyzna, który ją kochał. Mężczyzna, którego ona kochała. Łzy popłynęły po jej twarzy.

– Mamy minutę. Muszę zgadywać. Jeżeli się nie mylę, powinienem przeciąć ten drut. – Odetchnął głośno. – Dowiemy się szybko. – Zbliżył ząbki kombinerek do białego kabla. – Dobrze. To ten.

– Zaczekaj.

– O co chodzi?

– Kiedy Spectre wiązał kable, przylutował biały do czerwonego, a potem owinął zieloną taśmą. Czy to ważne?

Sam wpatrywał się w drut, który miał właśnie przeciąć.

– Bardzo ważne – odrzekł cicho. – Cholernie ważne.

– Sam! – rozległ się głos Gillisa przez megafon. – Dziesięć sekund!

Dziesięć sekund, by uciec. Sam objął ząbkami czarny kabel i podniósł głowę. Patrzyli na siebie po raz ostatni.

– Kocham cię – powiedział.

Skinęła głową, po jej twarzy płynęły łzy.

– Ja też cię kocham – odpowiedziała szeptem.

Nie odwracali od siebie wzroku, kiedy kombinerki ściskały kabel. Gdy ząbki przecinały plastikową osłonę, Sam patrzył na nią, a ona na niego. Kabel przełamał się na dwie części. Przez chwilę żadne z nich się nie ruszyło. Zastygli, sparaliżowani myślą o śmierci.

Nagle Gillis zawołał na zewnątrz:

– Sam? Koniec odliczania. Sam!

Sam rzucił się naprzód, by uwolnić Ninę z więzów, po czym porwał ją w ramiona i wyniósł z magazynu.

Ulicę rozjaśniały migające światła wozów policyjnych, ambulansów, straży pożarnej. Sam przeniósł ją poza żółtą taśmę policyjną i postawił na nogach.

Natychmiast otoczył ich tłum policjantów, szef Coopersmith i Liddell pośród nich, żądnych wiadomości. Sam ich zignorował. Stał tylko, obejmując Ninę i chroniąc ją przed chaosem.

– Cofnąć się! – zawołał Gillis. – Zróbcie im miejsce! Co z bombą?

– Rozbrojona. Ale uważajcie. Spectre mógł zostawić nam ostatnią niespodziankę.

– Zajmę się tym. – Gillis ruszył w stronę hali, ale odwrócił się. – Hej, Sam?

– Tak?

– Myślę, że zasłużyłeś na emeryturę. – Wyszczerzył zęby, a potem poszedł.

Nina popatrzyła na Sama. Chociaż niebezpieczeństwo minęło, serce mu waliło nieprzytomnie, tak jak jej.

— Nie opuściłeś mnie — szepnęła. — Mogłeś...
— Nie, nie mogłem.
— Mówiłam ci, żebyś wyszedł! Chciałam tego.
— A ja chciałem zostać. — Mocno ujął jej twarz w dłonie. — Nie było dla mnie żadnego innego miejsca, Nino, tylko obok ciebie. I zawsze chcę być obok ciebie.

Wiedziała, że obserwują ich dziesiątki par oczu. Przyjechała już telewizja, błyskały reflektory, zasypywano ich gradem pytań. Noc pulsowała głosami i wielokolorowymi światłami. Ale teraz, kiedy obejmował ją, kiedy całowali się, poza nimi nie było nikogo.

EPILOG

Zaczęła się ceremonia ślubna.

Nina, pod rękę z ojcem, weszła na leśną polanę. Towarzyszyła im romantyczna irlandzka melodia grana przez harfę i flet. Pod baldachimem jaskrawych, jesiennych liści czekał Sam. Uśmiechał się nerwowo, jak początkujący glina podczas pierwszego patrolu. Obok niego stał jego świadek Gillis oraz pastor Sullivan, obaj również szeroko uśmiechnięci.

Pod drzewami zebrała się mała grupka przyjaciół i krewnych: Wendy z mężem, szef Coopersmith, koleżanki i koledzy Niny z pracy, Lydia pogodzona z faktem, że jej córka wychodzi za mąż za zwykłego glinę. Pewnych rzeczy w życiu nie można zmienić, pomyślała Nina. Zaakceptowała to. Może i Lydia kiedyś to zaakceptuje.

Muzyka przycichła, a jesienne liście spadały czerwonym i pomarańczowym deszczem. Sam wyciągnął do niej dłoń. Jego uśmiech powiedział Ninie wszystko, co chciała wiedzieć. Ujęła go za rękę.

TESS
GERRITSEN
ŚCIGANA

Clea od dziecka uczyła się złodziejskiego fachu, dwa razy trafiła za kra
Chce rozpocząć uczciwe życie, ale wplątuje się w groźną aferę. Policj
nie wierzy, a dla przestępców jest niewygodnym świadkiem. Musi zdc
dowody swej niewinności, dlatego włamuje się do domu jednego
z podejrzanych. Na miejscu zaskakuje ją… inny włamywacz.

Name: ?

Expired: today

Cause of death: MURDER

T E S S
GERRITSEN

CZARNA LOTERIA

To miał być banalny zabieg chirurgiczny, ale pacjentka, pielęgni
miejscowego szpitala, niespodziewanie umarła na stole operacyj
Kiedy w tajemniczych okolicznościach ginie kolejna pielęgniar
staje się jasne, że spośród pracowników szpitala swoje ofiar
wybiera morderca.